8
三木なずな
illustration. かぼちゃ
没落予定の貴族だけど、
暇だったから魔法を極めてみた
I am a noble about to be ruined, but reached the summit of magic because I had a lot of free time.
TOブックス

人物紹介

-character profile-

ラードーン

世界を脅かした三大神竜の一頭。リアムの身体に宿り助言を与えている。長寿のため古風な一面がある。

リアム

ハミルトン伯爵家の五男の体に意識だけ転移してきた男。三度の飯より魔法が好きな生粋の魔法オタク。

ピュトーン

世界を脅かしした三大神竜の一頭。リアムに目覚めさせられて、仲間になる。いつも眠そうである。

デュポーン

世界を脅かした三大神竜の一頭。魔法を自在に操るリアムに惚れ込み、居座っている。

アスナ

明るく快活な女冒険者。
元々はリアムとパーティを組んでいた。

ジョディ

お淑やかな女冒険者。
元々はリアムとパーティを組んでいた。

スカーレット

ジャミール王国の思慮深い王女。
先見の明に長けており、リアムに爵位を与えた。

クリス

お転婆な女人狼。聖地を守るためにリアムを攻撃したが、神竜を宿していると知り仲間となった。

レイナ

信心深い女エルフ。リアムに導かれたことがきっかけで、従者となった。

フローラ

パルタ公国の大公陛下の庶子。
リアムを陥れる罠として送り込まれたが、命を救われ仲間となる。

I am a noble about to be ruined, but reached the summit of magic because I had a lot of free time.

illustration. かぼちゃ

design. アフターグロウ

TOブックス

.255

「……え？　本物？　いやでもそんな」

『本物であろうな』

「分かるのかラードーン」

驚く俺は、ラードーンに聞き返した。

ラードーンはいつものような、楽しげな声で答えた。

『アメリア――トワイライトといったか？　お前がよく口にしている三つの名前の内の一つなのであろう？』

「う、うん」

アメリア、エミリア、クラウディア。

俺が憧れている三人の歌姫の名前で、それを唱える事でテンションを上げて――前詠唱の呪文にしている。

俺の詠唱という事で、俺の中に入っているラードーンは他の誰よりも多くそれを耳にしている。

『このタイミングで、しかも敵国からの申し出だ。お前の事を調べ上げた上で本物を見つけてぶつけてきたと見るべきだろう』

「そ、そうなのか？」

『うむ。最悪でも連中が「本物だと思い込んでいる」くらいだな』

「そ、そうか……」

本物……本物のアメリア……。

え？　って事は――。

「もしかして本物のアメリアと会えるって事か⁉」

『お前が望めばな』

「お、おお……」

俺は感動した。

まさか、まさかのまさかだったからだ。

『その認識のズレ、それはそれで面白いな』

「え？　ズレ？」

『うむ。「会えるのか？」ではない、向こうから「是非会ってくれ」と土下座されてる場面なのだよ？』

「ええっ⁉　そんな！　是非とか――」

『早まるな、アメリア某《なにがし》ではない、トリスタンの小僧だ』

「――え？」

『進退窮《きわ》まった小僧は一発逆転の目にその女を見つけ出してきた、というところだろうな。そのアメリア某、「魔王様おてやわらかに」ってねだるつもりなのだろうよ』

「あっ……そ、そっか。そういう事か」

『ふふっ、魔法ではない上、憧れの人ときて普段よりも頭の回転が鈍っているようだな』

「ご、ごめん」

『かまわんよ、むしろお前も人の子だったのだなと、そのおかしさが今は楽しい』

「あ、うん」

どう答えていいのか困り果ててしまって、俺は何も答えられなかった。

ラードーンの語気は楽しげなままだけど、それが逆に恥ずかしさ倍増って感じになってしまった。

『しかし、面白いタイミングで面白い札を切ってくるな。この類の搦《から》め手に限って言えば人間は簡単に我の予想をとびこえてくる』

「どうすればいいかな」

『会えばよかろう？』

「え？　いいのか？」

『お前の国だ、自儘《じまま》に振る舞うがいい。目の前で歌ってもらうのも一興かもしれん』

「歌ってもらう!?」

『なんだ？　だめなのか？』

「ダ、ダメって事はないけど。…………アメリアの歌を？」

その光景を想像して、思わず身震いがした。

『あるいは魔物を集めて全員に聴かせるのもありかもしれんな』

「みんなに……聴かせる……？」

俺はその光景を想像した。

俺はほとんどやった事が無いけど、この街はよくある国の都のように、宮殿の前に広場があって、テラスがあってそこで演説できる様な作りになっている。

その作りになっているのが自然と頭に浮かび上がってきて、テラスにアメリアが立って、大観衆の前で歌う光景が頭に浮かんできた。

そして――。

「音を拡大する魔法がいるな。いや、生声が一番だから、まわりの音を消したほうがいいな」

俺はまわりを見回した。

リアムネットを閉じた部屋の中はシーンと静まりかえっていた。

静まりかえっているとは言っても、耳を澄ませれば小さな物音がする。

魔物達が戻ってきた街の生活音が窓越しにうっすら聞こえてくるし、そもそもが普段から空気の流れとか、「静か」という名の音が絶えず聞こえている。

生歌を活かすため、生活音・環境音を消す方向で魔法を考えた。

俺は無言で、パチン、と両手を叩いた。

手を叩く音を聞いて、考える。

音を聞こえなくする方法、一番いいのは何かで遮《さえぎ》る方法だ。

布団をかぶっていれば、あるいは部屋を閉め切ってしまえば。

空間を密閉した物にすれば外からの音を聞こえなくする事ができる。

「みんなが集まる空間をなんかの障壁で密閉する？　――いや、中にいるみんなの息づかいやら何やらで結局音が出るな」

遮るのはだめだ、現実的なのは音を消す方法だ。

【サイレンス】という魔法はあるが、それは人間――ひいては生き物に声を出せなくさせる魔法で、出た声や音を消せるものじゃない。

俺はもう一度パンと手を叩いた。

すると音とともに、手を叩いた事によって生じた空気の流れ、微弱な風が顔に当たった。

「……【契約召喚：リアム】」

少し考えて、一つの光景を思い浮かべた俺は、召喚魔法で俺の分身を呼び出した。

目の前に俺とまったく同じ見た目をした、文字通り俺の分身が現われた。

俺達は見つめ合って、頷《うなず》きあった。

そして二人同時に手をあげて――パン、と叩いた。

同じ人間が、同じタイミング、そして強さで叩いた音。

音は綺麗に重なり合って、一つの音に聞こえた。

頷き合って、また一緒に叩いた。

今度は「俺」がちょっと強めに叩いた。

その結果を確認して、今度は契約召喚で呼び出した「俺」が強めに叩いた。

「……よし、もう一回そっちが叩いてくれ」

「分かった」

俺に言われたとおり、召喚で出した側の俺が頷いた。

手を合わせて——叩く。

俺は魔法で、自分が手を叩いたのと同じような「風」を作ってぶつけた。

すると、向こうの叩く手の音がものすごく小さくなって聞こえた。

「いけるな」

「ああ。声に声をぶつければ消せるぞ」

「俺達」は頷き合った。

声を消す方法、それを見つけた事で興奮した。

『ふふっ、自儘に振る舞うといい。そこでもやはり魔法にのめり込むのなら、今までついてきた連中はどうなろうと文句は無いさ』

興奮して、音を消す魔法の開発にいそしむ俺の耳に、ラードーンの言葉は届かなかったのだった。

.256

翌朝、自分の部屋の中。

俺はデュポーンと二人っきりで向き合っていた。

「実験？」

デュポーンは不思議そうな顔で、ちょこんと小首をかしげて聞き返してきた。

「そう、新しい魔法を作った。その実験に付き合ってほしい」

「うん、いいよ」

「即答だけど、内容を聞かないでいいのか？」

「もっちろん！　だってそれ、ダーリンがあたしに魔法をかけてくれるって事でしょ」

「まあ……」

「だったら断る理由はどこにも無いじゃん」

デュポーンの上機嫌で、弾んだ声色。

語尾にハートマークがついているような、そんな感じの返事だった。

「そうか……いや、すごく助かる。先入観なしでどう感じるのかが分かると一番ありがたいから」

「うん！　じゃあますます何も聞かない！」

「助かる——じゃあいくぞ」

「うん」

デュポーンはそう言い、目を閉じた。

顔が俺に向かって上向きになって、小さく笑みを浮かべたままでいる。

『そうとうに色ぼけしているな、まるでキス顔ではないか』

ラードーンが俺の中から突っ込んできた。

言われてみれば確かに、キスを待っているような仕草にも見える。

しかしラードーンがそれを指摘したとデュポーンに知られると二人がまたバチバチやり始めるから、俺はあえて聞かなかった事にした。

その事を忘れて、目の前のデュポーンに集中して——魔法を唱える。

「【ノイズキャンセル】」

魔法の光がデュポーンを包む。

それは昨夜作ったばかりの、新しい魔法だった。

魔法をかけられたデュポーンはゆっくりと目をあけて、部屋の中を見回した。

「おー……」

「何か分かるか?」

「ダーリンの声がよく聞こえる!」

「いや、そうじゃなくて……」

俺は微苦笑した。

そんな効果の魔法じゃないんだが……。

「うそうそごめん。これ『声』以外の『音』、環境音を消す魔法だよね」

「ちゃんと消えてるのか？」

前説明なしでもそれに気づいたデュポーン。

説明をした場合以上に深く理解している事も含めて、俺は魔法の成功をほぼ確信してにわかに興奮しだした。

「うん！　おかげでダーリンの声もよく聞こえるよ！　普段と違う聞こえ方だけどこっちのダーリンの声も素敵！」

デュポーンはそう言い、俺に抱きついてきた。

「普段とちょっと違う聞こえ方？」

「雑音がないからね」

「雑音がないから……」

どういう事なんだろう、と不思議がった。

俺が作った【ノイズキャンセル】という魔法はあくまで「音」を消す魔法で、「声」はそのままのはずだ。

目的がアメリアの歌声をみんなによく聞こえるようにするために作った魔法だから、「声の聞こえ方が違う」は致命的なミスだ。

だからそれがどういう事なのかデュポーンから聞きたかった。

「うーん、どう説明したらいいんだろ？」

『スープで考えれば分かりやすい』

「スープ？」

「むっ、あいつが何か言ってるのね？　ちょっと待って……スープ、スープ……分かった」

ラードーンに対抗しようとしているのか、デュポーンは指先でこめかみを左右から押さえる仕草で唸ってから、はっとして言ってきた。

「お酒ってあるじゃん？」

「お酒？　スープじゃないのか？」

「お酒でいいの！　お酒って醸造したばかりの濁《にご》り酒があるじゃん？」

「あ、うん」

勢いに押し切られて、デュポーンのいう酒で想像してみる事にした。

「そういう濁り酒をこしたり、蒸留したりして、お酒本来の味になるいい酒になるじゃない」

「そういえばあるな」

「それと同じだよ。たぶんね、みんなが普段聞こえてるのは環境音ありの、雑味のある声で、ダーリンの魔法で雑音取っ払ったのが本来の声、雑味のない本来の物なんだよ」

「……なるほど！」

デュポーンの説明で俺ははっとした。

という事は――。

「俺が知っているのより、もっといい歌声が聞こえるって事か」

「ダーリンが何に使うのか知らないけどそうだと思う」

「そうか……よかった」

俺は安堵《あんど》した。

確かに、理屈は通っている。

雑音を一切合切取っ払った、アメリアの歌声。

それは彼女本来の声、余計な物の入ってない声。

そういう風に気づかされたのは予想外で、俺は嬉しくなった。

「うーん、この魔法、ダーリンの声がよく聞こえるのはいいけど、余計なのも聞こえちゃうね」

「余計なの？」

「雑音がなくなったから、隣の部屋とかちょっと聞こえるんだよね」

「あー……」

それもなるほどだと俺は思った。

声とか音とかはそういうものだ。

【ノイズキャンセル】というのは、要するに「静まりかえった」の究極系を作り出す魔法だ。

静まりかえった状況なら、想定してないところからの声もよく聞こえてしまうのは確かだ。

俺は考えた。

【ノイズキャンセル】自体はこれでいい、一つの魔法としてはこれで完成だとしていい。

だけど、アメリアが来たときに使う時はちょっと手を加えなきゃなと思った。

☆

次の日の昼頃、宮殿の前。

俺はアメリアを出迎えるため、ここに出てきた。

宮殿の正面は街の大通りと繋がっていて、大通りの向こうからパルタ公国の紋章が入った馬車がこっちにゆっくり向かってきている。

一応は公国の使者、という事でスムーズに宮殿に入ってこれるよう、この時間帯は大通りをなるべく使わないでくれと国中の魔物にお願いしていた。

その甲斐あって、邪魔者が一切いない、広々な大通りを公国の馬車が進行している。

向こうには最低限の武装をした兵士が護衛についている。

これは俺が認めたものだ。

その程度の護衛兵はまったく脅威にならないし、アメリアの護衛とかお世話をするための人はいた方がいいとして認めた。

俺はそれを眺めながら、俺の横に立って、一緒に出迎えるために待っているスカーレットに聞いた。

「ア、アメリアさんはあの馬車の中か?」

「はい、そのように聞いております」

「そっか！」

俺はドキドキした、興奮しだした。

もうすぐあのアメリアと会える。

そう思うと興奮のドアが青天井の如く上がっていくのを感じていた。

「……そうだ」

俺は昨日の事を思い出して、【ノイズキャンセル】をつかった。

「主？」

「あっ、いや。ちょっとその……」

先取りというか、盗み聞きというか。

昨日デュポーンとのテストで屋敷の中の別部屋にいるメイドエルフ達の声も聞こえた。

だから今使えば馬車の中にいるアメリアの声も聞こえるはずだと思って【ノイズキャンセル】をつかった。

スカーレットにはごまかしつつ、耳を澄ませる。

環境音が一切なくて、人の声だけが聞こえる。

集中すると、馬車の中らしき声をちゃんと耳で拾えた。

『いいか、しっかり魔王に取り入るのだ』

『……』

『言うまでもないが、下手な真似をするなよ。お前の両親の命はこっちが握ってるんだからな』

『分かって……いるわ』

「……え？」

聞こえてきた言葉――はっきりと聞こえてきた言葉は。

信じがたく、全くの予想外の言葉だった。

.257

俺の前に馬車が停まった。

衛兵のような者が走ってきて踏み台を置くと、馬車の中から一人の女が姿を現わした。

二〇代半ばくらいの女で、落ち着いた雰囲気を纏《まと》っている女だ。

普段はもっと柔和な空気を纏っているであろう事は、柔らかな口元とまなじりから見て取れる。

しかしそれはいずれも憂いの帯びた眼差しに覆われていて、見ているこっちが思わず眉《まゆ》をひそめたくなるほどだ。

アメリア・トワイライト。

俺が知っているその姿とほとんど変わらないながらも、順調に歳を重ねた感がでている。

アメリアは静々と俺の元に向かってきて、互いに手を伸ばせば握手できるくらいの距離で立ち止まった。

そして背後にひかえる、いつの間にか現われた文官風の男に促された。

「陛下にお目通り叶い、光栄の極みでございます」

「……」

「アメリアと申します、何卒よしなに」

と、明らかになれていないであろう、貴婦人風に一礼して見せた。

その仕草を背後に立つ文官風の男が終始監視している様子なのが、いかにも無理強いしてやらせているのがありありと見て取れた。

「歓迎する。まずは宴席を用意させた」

「陛下、それよりもお話を」

「話は落ち着いてからでいいだろう。それよりも宴を。人間の国ほどではないが、我が国の総力をあげて歓待する様に指示した。是非楽しんでいってほしい」

「ですが――」

「ではお言葉に甘える事にしよう――なあ、アメリア」

食い下がろうとするアメリアに、文官風の男は割り込んできた。

この声は知っている、【ノイズキャンセル】で馬車越しに聞こえた、アメリアに色々話していた男の声だ。

「ですが――」

「陛下のせっかくのご厚意なのだから、固辞する方が失礼にあたるのではないか？」

疑問形でありながら、その実眼光や語気などは有無を言わさないような感じの男。

アメリアはこっちにも食い下がろうとするが、半ばにらまれて押し切られてしまった。

「分かりました……」

「では案内させよう——レイナ」

「はい」

俺の背後からレイナが応じながら、前に進み出た。

最初からいたレイナだが、俺に呼ばれるまではまるでいなかったかのように気配を消していた。

最近エルフメイド達の間で流行っているスキルだ。

「ご主人様に呼ばれるまでは邪魔にならないように気配を完璧に消す」というのが流行っていて、誰が一番「邪魔にならずに仕える」事ができる様になるかを競っているってちょっと前に聞いた。

それを完璧に実行したレイナはすっと現われて、アメリアも男もそれに少し驚いたそぶりを見せた。

「たのむ。彼女は国賓《こくひん》なのだ、粗相のないようにな」

「かしこまりました」

レイナは頷き、更に数人「現われた」エルフメイドとともに。アメリアそしてパルタ公国の一行を連れていった。

その場に俺だけが残った。

誰もいなくなったのを待ってから——。

『よく我慢して我の言った言葉を復唱できたな』

「今ので良かったのか？」

『うむ。監視の男も小物だった、全て我の想定内だ』

「そうか……」

俺はふう、と息をはいた。

アメリアの親が人質になっているかもしれない——そのやり取りを聞いた直後、俺は頭に血が上って馬車に突入してその男を締め上げたかったが、ラードーンに止められた。

ガツンとやってどうにかしたかったが、暴走しないでラードーンの指示通りに動いた方がいいと思って、彼女が俺の頭の中で言った言葉をそのままアメリアや男達にした。

『今ので向こうの警戒も相当に解かれただろう』

「警戒が？　どうしてだ？」

『パルタ公国があの娘を持ち出したのは、つまる所お前に取り入るためだ』

「えっと……うん、そういう事だよな」

『そこにお前が「国賓待遇」で迎え入れると宣言した。【ヒューマンスレイヤー】はもう解いた、時間の制限はない。じっくり時間をかけてお前の気分を徹底的によくしたほうがいいのだから、国賓待遇には狂喜乱舞しているだろうさ』

「そうか……」

『ちなみに安心しておけ。道理でいくとお前があの娘を歓待している間、もっと言えば決裂するまであの娘の両親は無事だ』

「そうか」

俺はふぅ……と安堵の息をはいた。

ラードーンがそう言うのならきっとそうなんだろうと安堵した。

『にしても……ふふっ』

「なんかおかしいのか？」

『人間は追い詰められると愚かになるものなのだ、と思ってな。ここまでの悪手をうってくるのも中々に中々だ、とな』

「悪手？」

『うむ。向こうはお前に取り入るためにあの娘を引っ張り出した』

「ああ」

『そのやり方が両親を人質にとってというのが悪手極まる。現に、今のように露見してお前の逆鱗《げきりん》に触れただろう』

「……ああ」

逆鱗、うん、逆鱗だ。

アメリアのご両親を人質にとって無理やり何かをさせるなんて許される事じゃない。

ラードーンの言うとおり、俺は今、腹の底で怒りがグルグル渦巻いている。

「ここからどうすればいい？」

『前提次第だ。お前は自分であの娘の両親を助けたいのか、それとも助かりさえすれば自分じゃなくてもいいと思っているのか。それによって話が変わる』

「俺が自分で……？」

どういう意味だ、と首をかしげた。

それをラードーンが「ふふっ」とわらった。

『自分で助けてあの娘にいいところを見せたいかどうか、という意味だ』

「え？　いやいいところ見せるなんてそんなのどうでもいい、助かるのが最重要だろ」

『ならばそれはこっちがやろう』

ラードーンはそう言いながら、俺の中から出てきた。

人間の姿、少女の姿になって俺の前に立った。

「何人かお前の使い魔を借りていくぞ」

「ああ、全部任せる。俺は何をしてたらいい？」

「我が戻るまでの間あの娘の歌を聴いておけばいい。お前が楽しんでいれば向こうも油断する」

「分かった」

俺が頷き、ラードーンはフッと微笑んだ。

そのままラードーンが消えて、俺は身を翻《ひるがえ》して、先に行かせたアメリア達を追いかけた。

☆

その日、俺は宣言通り、アメリアを歓待した。

魔晶石やら何やらで、ブルーノとの取引でこの国はかなり金を持っている。

それをフルに使って、アメリアを国賓として歓待した。

アメリアはしかし落ち着かない様子で、いまいち楽しめずにいた。

だけど監視役の男がいちいちアメリアに何か言って、その度にアメリアは無理矢理に「楽しまされた」。

それも腹がたったが、ラードーンの言葉を思い出して、とにかく油断させるためにアメリアを歓待した。

ちなみに歌は――こっちから言い出せなかった。

歌姫として憧れすぎてて、俺から「歌を聴かせてくれ」って言い出せなかった。

それが良くなかったのだろうか――ラードーンがいないから答えてくれる人はいなくて。

その晩――なんと。

アメリアが、下着姿で俺の寝室に現われた。

……いまにも泣き出しそうなのを必死にこらえた顔で。

.258

「ちょっと！　放しなさいよ！」

宮殿の中、リアムの部屋から離れた部屋。

元々は単なる寝室だったのが、ピュトーンのためにリアムがあれこれ手を加えて、眠りの霧を抑えるギミックを取り入れた事で、ピュトーンの部屋になった。

自由奔放なデュポーンと違って、「寝る」事が多いピュトーンはこの部屋にいる事が多い。

三竜が魔法都市の中で唯一自分の肉体で定住している事から「竜の間」とよばれている。

また効果ごと霧を部屋の中に封じ込めている事から、彼女が眠りについているときは、ドアを開けた瞬間から深い森の中に迷い込んでしまったのかと錯覚するほどなため、「眠りの森」とも呼ばれている。

そんな部屋の中に、ピュトーンはデュポーンを引きずり込んだ。

デュポーンは掴まれた手を振りほどこうとするが、そこは同格であるピュトーンがやっている事。

宮殿を壊さないように日常的に力を抑えているデュポーンはなすがままにされた。

「いま、だめ」

「だめじゃないじゃん、あの人間の女、ダーリンに夜這《よば》いを掛けたんだよ。とめなきゃ！」

デュポーンはアメリアがリアムの部屋に入っていくところを目撃している。その前からアメリアを護送してきたパルタ公国の人間が彼女に脅しをかけた内容も、ドラゴンの高い身体能力で聞こえてくる。

神竜とされるデュポーンの身体能力は、魔法を何もつかわずとも宮殿内のやり取りを全部聞き取れるほどの聴覚をもっているのだ。

「大丈夫、それ、あの娘の本心じゃない」

「知ってるよ！　聞こえたもん。人間に脅されてやらされてるんでしょ」

「そう」

「だから余計にだめじゃん、最後まで行く気じゃん！」

デュポーンは状況を知っていて、「だから本気」と言った。

それは現象的には正しい。

「大丈夫、彼、のらないから」

「なんで分かるのさ。好きな人なんでしょダーリンの」

「違う、あれは、神」

「は？　何言ってんの人間の女だよ」

「そうじゃない」

ピュトーンはゆっくり首を振った。

「神くらいにあがめてる存在。人間によくある事」

「よく分かんないけどやっぱりダメじゃん」

「むかし人間に言われた。別に神のプライベートは知りたくない、関わりたくない、って」

「だから分かんないっての」

「大丈夫、見てればいい」

ピュトーンはそう言い、彼女特有の茫漠《ぼうばく》とした瞳を、リアムの部屋がある方に向けた。

壁を透視するかのような視線を向けながら。

「ぴゅーたちにも、おなじみの現象が見れる、はず」

☆

「……」

俺は頭の仲が真っ白になった。

なんだ？　なんなんだ？　一体何が起きてるんだ？

アメリアが俺の部屋に？　夜に？　下着姿で？

…………なんで？

『ほう、寝技で来たか』

……寝技？

『突飛な話でもあるまい。魔物の王、つまりは権力者であるお前が気に掛ける女、それも妙齢の女。体を使って籠絡《ろうらく》しろ――それくらいの強要されてもなんら不思議ではない』

「――ッ！」

瞬間、頭に血が上った――全身の血が一気に頭に向かって吹き上がっていくような、それほどの怒りを覚えた。

ラードーンの言いたい事を少し遅れて理解した。

パルタ公国はアメリアの両親を人質にして、その上で彼女に俺への色仕掛けを強要した。

それが、彼女の泣きそうな顔につながっている。

「アメ――」

『何かしらの監視もつけられていいような』

「――っ」

俺は言いかけた言葉を飲み込んだ。

少し考えて、アメリアに近づいた。

俺が近づく事で彼女は一瞬「ビクッ」と体が強ばったが、すぐに勇気を出して――振り絞るような感じで勇気を出して俺を見つめ返してきた。

挑むような視線を、俺は真っ向から見つめ返しながら、肩にそっと触れて。

「【タイムストップ】」

と、魔法をつかった。

「えっ……」

いきなり魔法を？　と驚くアメリア。

俺は更に【アイテムボックス】もつかって、隕石魔力を使ってタイムストップを維持した。

「話を聞いて下さいアメリアさん、全て分かっています」

「全て……だめっ！　私の行動は――」

「監視されてるんですよね。でも大丈夫」

俺は彼女にそう言い、肩に手を触れたままポケットから硬貨を一枚取り出した。

何の気なしにもっていた硬貨を、二人の間の空間で手放す。

普通ならそのまま床に吸い込まれていくはずなのが、手を放しても空中にとまったままだ。

「……え？」

驚くアメリアは、俺は更に続ける。

「説明はむずかしいけど、いまはどんな魔法でもどんな道具でも作動しない『時間』になってます」

「――っっ！」

「アメリアさんの置かれてる状況は分かります。任せて下さい。ご両親は必ず助けます」

「ど、どうして……」

「俺がアメリアさんに憧れるのはその通りです。でも人間です」

「……」

「憧れの人が、両親を人質にとられて言いなりにされてるのは見過ごせません」

「……本当、に？」

「はい――っ」

「ど、どうしたの？」

「いえ」

俺は歯を食いしばって、何もなかったとアピールするため笑顔を作った。

一瞬、クラッときた。

隕石魔力が続いているけど、たぶん、「大きな魔力を素通しさせ続ける」事で体に負担がかかっているんだろう。

体に大分負担がかかってるけど、そんなの今は大した事じゃない。

俺は更にアメリアに言った。

「ですので、任せて下さい」

「……本当に？」

「はい、命に代えても、必ず」

「……おねがい、します」

アメリアが搾り出すような声で言った。

俺は頷き、そこで【タイムストップ】をといた。

空中に置いたコインが床に吸い込まれていく、チャリン、と音を立ててころがっていった。

それを見たアメリアがはっとした顔で、口をつぐんだ。

ここから先は密会ではない、と理解した顔だ。

『ふふっ、よほどの魔力をつかって長く話したのだな』

ラードーンはたのしそうに言った。

まわりに漂っている、【タイムストップ】を使った後の魔力の残滓を感じ取れば簡単に分かる事だった。

それは簡単な事だが、難しい事がある。

アメリアにこっちの意図を伝えたのはいいけど、「この場」の切り抜け方だ。

『安心しろ、いつものように我の言葉を復唱すればよい』

「ありがとう」

「え？」

「いえ——人間の娘よ、その心意気や良し」

「え？　あ、はい」

アメリアは一瞬戸惑ったが、すぐに俺が「演技」している事に気づいた。

俺はラードーンの言葉を更に続けた。

「その肉体堪能させてもらおう——が、その前に下界の汚れを落としてもらう。——おるか、レイナ」

それが呼びかけると、しばらくして、ドアが開いてエルフメイドのレイナがやってきた。

「お呼びでございますか、ご主人様」

「うむ。その娘を連れていけ。沐浴《もくよく》で隅から隅まで汚れを落とせ。明晩またここに連れてこい」

「……かしこまりました」

レイナは一瞬だけの間を開けたが、何事もなく静かに一礼して、俺の言葉を受け入れた。

その一瞬だけの間が、裏まで理解している、という反応に見えた。

そうして、アメリアはレイナに連れられて、部屋から出ていった。

再び一人っきりになった部屋の中で。

「ありがとう、ラードーン」

俺はまず、ラードーンにお礼を言った。

『うむ。これで不自然なく丸一日は時間を稼げた。さあどうする？』

「十分だ」

『うむ？』

「一晩あれば十分だ」

俺は、全身の血が冷たくなっていくのを感じた。

頭がかつてないほどさえているのも感じた。

今なら——なんでもできる、そんな気が、いや、確信をもった。

『……我が言うのもなんだが』

『人間にも、逆鱗があったのだな』

.259

『さて……実際はどうするのだ？』

ラードーンが俺に聞いてきた。

「考えはまとまってる……『今』ならたぶん実現、いや間違いなくできるはずだ」

『ほう、それはたのしみだ』

ラードーンの言葉を受けて、俺は実行に移す事にした。

ふぅ――と、肺にたまった空気をまとめて吐き出すかのようにして意識を切り替え、より集中させた。

まずは――感じとる。

少し離れた所にいるアメリアの存在を。

今が魔法人生のピークと言ってもおかしくないくらい研ぎ澄まされた感覚でアメリアの存在を捉えた。

その存在を「魔力の塊」としてみた。

人間という生き物ではなく、あくまで魔力の塊としてみた。

そして更に意識を拡大する。

光の速さで意識の範囲を広げていく。

瞬く間にその範囲をこの国である約束の地を越えて、更に周囲の三国であるパルタ、ジャミール、キスタドールを全て収めるほどに広げた。

そして、全てを感覚の中に収める。

人間ではない、魔力の塊とした。

範囲の中に存在する全ての魔力の塊を感覚の中に収めた。

そして片っ端からふるいにかけていく。

アメリアの魔力のベースに、ふるいにかけていく事――一分。

「見つけた」

『ほう？　どこにいるのだ？』

俺は目を開けて、ぐるっと半回転して、壁のある方を指さした。

「この先八〇キロ程度の所にいる。体は極めて健康的みたいでよかった」

『どうやって分かったのだ？』

「魔力って、一人一人特徴があるんだ。前からなんとなく感じてたけど」

『うむ、あるだろうな。人によっては色やら波やら、様々な表現があるが』

「ああ、俺も波っぽいので感じてる。それで意識を拡大して、アメリアの魔力と似てる波をさがした。血の繋がった親子なら似てるのも感じてたから」

『意識を拡大？』

「ああ……なんかおかしいか？」

『……八〇キロ先まで？』

「ちょっと違う。パルタ公国の隅っこまで広げた。円で広げた方が効率いいからついでにジャミールとキスタドールの方にも広げたけど」

『……ふふっ、まるで化け物のように振る舞う』

ラードーンは楽しげに笑った。

俺も笑ってかえした。

「今だけだ。こんなのいつまでも続くようなもんじゃない」

『逆鱗に触れられるとそうもなる。で、見つけたし早速助けに行くか？』

「いや、大丈夫だ」

『うむ？　いいのか？　なぜだ？』

「もう――――」

俺は手をかざした。

数メートル先の床で魔法陣が広がって、光の柱がたった。

その光の柱の中から二人、初老の男女が現われた。

「――取り戻した」

と、ラードーンに言った。

『……ははっ』

ラードーンは珍しく、というか初めて聞くような反応をした。

「どうした？」

『いいぞ、お前。それはいい。我の想像の遙か上を軽々と言ったのが実に面白い』

「そうか」

『何をどうやったのだ？』

「手を伸ばして掴んで引っ張った。アメリアさんの親御さんだから少し失礼な振る舞いだったけど非常時だ」

『いいぞ、魔法理論まで適当になっているのが実にいい』

ラードーンはますます楽しげに笑った。

そんなラードーンとは裏腹に、ご両親は不安げに辺りを見回した。

「こ、ここは？」

「あなたは……いったい？」

「すみません。アメリアさんのご両親ですよね」

「そうだが……君は？」

「……ここはもう安全です。後ほどアメリアさんのところにご案内します。護衛もつけますので」

「君が助けてくれたのか？」

「という事はあの娘も無事なのね！」

アメリアの両親がそう言い、俺は首を縦に振った。

すると二人は安堵した表情を浮かべた。

俺は名乗らなかった。

今リアムだと名乗ってしまうと話がややこしくなってしまうからだ。

☆

レイナをよんで、アメリアの両親をアメリアの所に連れていくように頼んだ。

両親はためらったが、受け入れ、従ってくれた。

それを見送ったあと、ラードーンが話しかけてきた。

『何度もまあ、肩透かしを喰らった気分だ』

そう話すラードーンはしかし実に楽しげだった。

「肩透かし?」

『うむ。これでも色々と問答を用意していたのだ。助けに行った先で行うであろうものを、な』

「問答……って?」

『向こうはどうせこう言ってきただろうな。先に家族に手を出したのはそっちだ、とな』

「先に……? ああ、そっか。そういえばそうだった」

言われた俺はその事を思い出した。

確かに、前世のラードーンのアドバイスに従って、トリスタンの家族に【ヒューマンスレイヤー】をかけて、人質にして脅した。

『やっていいのはやられる覚悟のあるヤツだけだ、とか言ってくるだろうなと思ってな、あれこれ殴り返す言葉を考えていたのだが――ふふっ、すべて無駄になったよ』

「えっと……ごめん?」

『謝るな謝るな、楽しいものを見せてもらったのだ、何も問題はない』

「そっか」

『それに――お前らしくて、いい』

「俺らしい?」

『人質交換とか、脅迫を脅迫でやり返すとか、普通の人間ならやってるであろう事を一切合切考えず、ただ「魔法で取り返した」。そのお前らしさが実にいい』

「えっと……う～ん」

ラードーンはかつてないほどの楽しげな口調で言ってくるが。

なんだろう……褒《ほ》められてるのか？　これ。

微妙にちょっと、自信がない。

けど――まいっか。

アメリアの両親は取り戻せたし、ラードーンじゃないけど「何も問題はない」と思う事にしたのだった。

.260

「……うん」

俺は頷き、【ノイズキャンセル】の発動を終わらせた。

壁越しに聞こえた言葉に安堵して、リビングのソファーに深く体を沈ませた。

壁越しに聞こえたのは再会したアメリアとご両親のやり取りだった。

アメリアは「大丈夫だった？　ごめんなさい」という、ご両親は「大丈夫だった。アメリアこそ大丈夫だった？」と聞き返した。

この時点でもう大丈夫だと判断して、それ以上聞く事をやめた。

「ふぅ……」

とりあえずこれで一件落着かな。

アメリアもご両親も、俺の手が届く範囲にいるうちは、これ以上パルタ公国には何もさせない。

絶対に何もさせない、手出しはさせない。

そう固く誓った。

そのための魔法を考える。

身の安全を守るにはどうすればいいのか——いや。

身の安全を守るだけじゃダメだ、そこで思考停止したらだめだ。

もっと踏み込んだ、完全に守る何かを考えなきゃ。

身の安全を守る魔法なら一七通り思いつくけど、それ以上の事だから全ていったん白紙にした。

『それはよいが』

ふと、ラードーンが話しかけてきた。

「うん？　なんだ？」

『親も取り戻したし、人質につかった人間にペナルティを与えねばなと思っているのだが』

「した方がいいのか？」

『むろんだ。何かリクエストはあるか？』

「……二度とこんな真似をする気がおきないようにしたい」

『うむ』

「方法は分からないが、そう思わせたい――丸投げになるか？　これじゃ」

『ふふっ、お前はこの国の王だ。王ならその程度の方針を示すだけでよい』

「そうか」

『なら我らで全てやっておく』

ラードーンはそう言い、また人間の少女の姿になって、俺の中から出てきた。

「ラードーンが行くのか？」

「多少はあらっぽくやった方が良い場面だ。我が実際に出るかは即興になるが」

「分かった。任せる」

あらっぽく、という言葉に異存はなかった。

そうしてラードーンは部屋から出ていった。

俺は再び魔法の事を考えた。

一番簡単なのはご両親を取り戻した時の様に、条件づきで発動する魔法で、何かあった瞬間俺の所に瞬間移動する様に仕掛ける事だ。

俺の所に瞬間移動させるのが失礼にならないのかちょっとためらった、だから「俺が安心だと思える場所」について考えた――が。

こっちは厳密には魔法の事じゃないからあまり思いつかなかった。

ラードーンたちドラゴンの所でもいいけど、彼女達がアメリアのご両親を絶対守るという確証もないからむずかしい。

ならもっと別の方法――と思っていたその時。

部屋のドアが控えめにノックされた。

「はい」

「……」

「うん？　入っていいぞ」

俺は不思議がりながら言った。

ノックをするのだからメイドエルフの誰かだろうと思ったけど、メイドエルフ達なら俺が応答したらもう部屋に入ってきてるはずだ。

なのになんで――次の瞬間驚きと納得が同時に来た。

「ア、アメリアさん⁉」

部屋に入ってきたのはアメリアだった。

彼女は上品な所作のまま、ゆっくりと部屋に入ってきて、俺から少し距離をとったところで立ち止まった。

そして、静々と頭をさげた。

「両親を助けていただいて、本当にありがとうございます」

「わわっ！　あ、頭上げてください！」

俺はソファーから飛び上がるくらいに慌てて、アメリアを制した。

憧れの人にこうして頭をさげられるのを見せられて、とても平常心じゃいられなかった。

「本当にありがとうございます」

「というか本当にごめんなさい！　巻き込んでしまって。その……俺のせいで」

「リアム様のせいではありません。……本当ですよ？」

「アメリアさん？」

アメリアの語気がやけに強い事に気づいて、俺はちょっと困惑した。

「両親を人質にとられなくても協力するつもりだったのです」

「そ、そうなの？」

「はい。公国を脅かす魔物の王、しかしその魔物の王を説得できるのはあなただけ。最初はそう言われました」

「あ、ああ。それは、そう……」

困惑と羞恥。

その二つの感情が同時に俺を襲った。

「こんな私が国を救う？　と困惑しました。しかし役に立てるのなら、と思いました」

「うん」

「ですが、怖くもありました。相手が魔物の王、魔王ですから」

「あっ……」

俺は気まずそうな顔になったのが自分でも分かった。

魔物の王、魔王。

たしかに普通は怖いって思うもんだ。

アメリアの事はよく知っている。

彼女は戦うすべを一切持たない女性。最高の歌姫はか弱い女性だ。

魔王のところに行ってくれって言われたらためらって当然だ。

「それで少し考えさせて……と言ったら、両親を人質にとられました」

「……ごめんなさい」

一呼吸の間を開けて、俺は頭を下げた。

「リアム様？」

「それは俺が追い込んでしまったからだ。追い込んで追い詰めたから、待てなくて手段を選ばずにそうしたんだ」

「……どうか、頭を上げてください」

「アメリアさん……」

「もしそうだとしても、それは事象の因果で、責任を負うべき事ではありません」

「……」

アメリアにそう言ってもらえたけど、俺はやっぱり申し訳ない気分でいっぱいだ。

「……リアム様は」

「え？」

「聞いていたのと大分違います」

「聞いていた？」

「はい。その、悪逆非道の魔王……と」

「あ、うん。魔王なのは間違いない」

それは否定するところじゃないし、最近はまわりのみんなのおかげで、むしろ魔王という言葉が徐々に誇らしく思えるようになってきたくらいだ。

「リアム様」

「な、何？」

「私に、何かお手伝いできる事はありませんか？」

「手伝い？」

「どこまでできるか分かりませんけど、橋渡し――」

「じゃ、じゃあ！　この国のみんなにアメリアさんの歌声を聴かせてほしい！」

アメリアさんは何かを言う途中だったけど、俺は食い気味で頼み込んだ。

だってアメリアさんから言い出した事だ。

憧れの人がそんな事を言ったら、それを逃すなんて馬鹿な真似はできない。

俺は、魔物のみんなに、この国に住むみんなにアメリアの歌声を聴かせるチャンスが巡ってきたと真剣に頼み込んだ。

アメリアは目を見開き驚いた。

そんな事を言われるとは思いもしなかった、と言う顔だ。

しばらくして、アメリアが口を開く。

「リアム様は……本当に不思議なお方」

「そ、そうか？」

「私の事をただの歌い手としか見ていないのですね」

「そんな事ない！　すごい人！　憧れの人！　最高の歌姫だって思ってる！」

「そういう事ではないのですが」

アメリアはそう言って、クスッと笑った。

「分かりました。そういう事でしたら、いくらでも」

と、穏やかに、しかしちょっといたずらっぽく微笑んだのだった。

☆

リアムとアメリアが二人っきりで話していたその頃。

パルタ公国、ガイライの街。

街は炎上し、悲鳴すらも聞こえなくなった。

上空にはドラゴンが一頭、かの神竜デュポーンが威容を誇ったまま地上を見下ろしている。

小一時間、いやそれにも満たないさらに短い時間で。

一〇〇〇〇人ほどの大きな街が文字通りの「全滅」をしたのだった。

.261

ガイライの上空、生存者がゼロになった街を睥睨《へいげい》するドラゴンの姿のデュポーン。

その横で一人、少女の姿があった。

見た目のギャップは天と地ほどの差があるが、その実同格の存在であるラードーンだ。

「ふむ、皆殺しにしたか」

『当たり前じゃん』

「自分がコケにされた時よりも念入りにやったようだな」

『だから当たり前じゃん、って言ってんの』

デュポーンはその図体に似つかわしくない口調に、ギャップしかないはっきりとした憎悪を乗せて言い放った。

『人間程度があたしに何をしようが視界にも入らないし。でもダーリンをコケにするのは絶対に許せない』

「むかしある人間が言ってた言葉を思いだしたよ」

『はあ?』

「若造が俺にため口をきこうが別にいい。だけど俺が尊敬する大先輩にため口をきいたら一生許さ

ない。となＪ

『ふーん』

デュポーンはつまらなさそうに鼻をならした。

ラードーンは尊敬する大先輩のところをリアムに例えたのだが、そういう人間関係はどうでもよくて、あくまでリアムという一個人に心酔しているだけのデュポーンにはどうでもいい例え話だった。

「うむ、さてあの小僧はどうでるかな」

『ってかあんた、なんであたしに話をもってきたのよ』

「うむ？」

ラードーンは少しだけ目を見開き、デュポーンの方に目線を向けた。

ドラゴンと少女。

同格の存在である二人は決して仲が良好とは言えない。

むしろ仇敵、怨敵と言っていいほどの存在だ。

事実、今でもリアムの存在がなければ二人はこの場で殺し合いを始めていても決しておかしくはない。

それは普通そうに見えて、二人の間にある空気がぴりついているのが何よりの証拠だ。

「純粋にお前が適任だと思ったのだが？」

『はあ？　馬鹿にしてんの？』

デュポーンは苛立たしげにラードーンをにらんだ。

空気が一段と張り詰めて、二人の間に青白い火花がほとばしった。

『こんなちっぽけな街一つ、あんたでもあたしでも一緒じゃんか』

「うむ、滅ぼすだけならな」

『……どういう意味さ』

デュポーンの怒りのボルテージが一段階下がった。

直情径行に見えて、その口調どおりの稚気を多分に保持しているとは言え、彼女は神竜と呼ばれたドラゴン、三回も記憶を保ったまま転生を繰り返した人知を超えた存在だ。

直情径行に見えてそれはあくまで感情面の事、知識も知恵も人間程度では及びもつかないほど超越した存在。

そんな彼女が、ラードーンの言葉に含みがあると一瞬で気づいた。

「理由は二つある。まずあやつへの思い。それはお前の方が強く、故に容赦《ようしゃ》がない」

『そんなの当然じゃん。ダーリンの事大好きだもん』

「もう一つは性格の問題。人間どもが抱いている印象よりも、我は遥かに大雑把な性格で、お前は緻密に物事を進めるタイプだ。想像してみろ、我がこれをやったとして、果たして『皆殺し』にできたか」

『あんただったら十何人かは討ち漏らすでしょうね』

「うむ。一〇〇〇〇人ほどだったか、ならば十数人は討ち漏らすだろうな」

ラードーンは頷いた。

「しかしお前は違う。がれきの下で偶然生き延びた赤子だろうがきっちりトドメをさしていくだろうな」

『あたりまえじゃん』

「今回はどうせだったら文字通りの全滅にした方がいいと思った。それはお前も理解しているだろう」

『馬鹿にしてんの？　一と〇じゃそもそも別の話じゃん』

「そうだ、だからお前に話を持ちかけた。我から持ちかけられた話だろうが、あやつがされた事は事実、お前なら文句を言いつつも丁寧に人間どもをすりつぶすだろうと思ったのだよ」

『むっかつく』

デュポーンが悪態をついた。

殺気が一段と濃くなり、人間なら居合わせただけで気絶しかねないほどのものになった。

『ほんとうむかつく。おぼえてなさいよ、ダーリンとあんたの縁が切れたときに粉々にしてやる』

「できぬ事をみだりに口にするのは格をさげるぞ」

『……絶ッ対、殺す』

「……ふふっ」

『こんどは何がおかしいのさ』

「いいや？　人間どもに同情したのだ。これ――」

ラードーンはそう言い、地上の街、廃墟になった街を指した。

「――は自業自得だ、同情の余地はない」

『……』

「さて、あやつは人間だ。生きてあと一〇〇年というところか」

『ダーリンは人間だし当たり前じゃん。だから？』

「あやつがくさびとなっているから、我と貴様は存命中致命的に決裂はせん」

『話が長いのよ、本当むかつく。ダーリンはやくこいつに愛想つかさないかな』

「結論だけがよいか？　一〇〇年分蓄積したものが爆発したらどうなる？」

『あんたが粉々になるだけじゃん』

「我らの戦いがこれまでの最大規模になるだろうなと言う話だ」

『……ふん』

デュポーンはつまらなさそうに鼻をならした。

感情面はともかく、デュポーンはラードーン相手では必勝の自信はないというのは、頭の冷静な部分でははっきり理解している。

しかし、ラードーンが言う「これまでの最大規模」は彼女も同意だ。

同意ではあるが、自分が感情剥き出しの言葉を放ったのに対し、ラードーンはそうじゃなかったのが不愉快だった。

だからといって反論できる話でもないから、彼女はつまらなさそうな感じで押し黙ってしまった。

「その時巻き込まれる人間どもはご愁傷様《しゅうしょうさま》という話だ」

『……ふん』

デュポーンが何か思いついたかのように、うってかわって楽しげな声色にかわった。

ラードーンは訝しげに眉をひそめた。

「なんだ？」

『最大規模にならない方法をおしえたげる』

「……何？」

『ダーリンを地上の王にするの。地上をダーリンの血、ううん、あんたは血じゃないね、ダーリンの業績で埋め尽くすの』

「むっ……」

『あたしはダーリンと作る子供以外気にしないけど、あんたはダーリンの——なんだっけ、人間の言葉で……そうそう、「生きた証」そういうのがあると壊せなくなって気が散っちゃう』

「……ふふっ」

『こんどは何？』

「なあに、あらかじめ用意しておけばいいと思ってな」

『用意？』

「そう。あやつに頼んで……そうだな、我とお前が全力で殺し合ってもまったく巻き添えを出さない何かを作り出してもらう、とかな」

『へえ……あんた、たまーに、いい事言うじゃん』

「ふふっ、我らが意気投合するのは数千年来で初めての事かもしれんな？」

『うん。あたしからダーリンにたのんだげる。あんたは首を洗って待ってなさい』

「ふふっ」

『うふふ』

人がいない上空で、向き合って殺気をぶつけあう二人。

彼女達は微妙に理解していない。

いや、考えが及びもつかない事だからしょうがない。

この場面を。

この、人智をはるかに超えた殺意をぶつけあう二人、それを抑えられるのがリアム一人だけ。

この状況にたちあって、関係性が理解できれば。

トリスタンのみならず、どんな権力者だろうが下手に出てリアムを懐柔しただろう。

そういう意味では、本人達はいろいろと理解が及ばなくて、月並みな脅しを人間代わりにかけていたのだった。

.262

「紹介する、この人がアメリアさん。ちょっとの間この街に滞在する事になった」

宮殿の大広間の中、俺とアメリアの二人で、呼び出したアスナとジョディと向き合っていた。

この街で数少ない人間で、かつ、外交をよく担当するスカーレットと違って街にいる事が多い二人だ。

二人を呼び出して、まずアメリアの事を紹介した。

「へえ、この人がそうなんだ」

「そうなんだって?」

俺はアスナに聞き返した。

紹介をうけたアスナは前から知っているような、そんな反応をした。

「あれだよね、リアムが本気で魔法を使う時に呼んでる名前」

「ああ……」

「私の……名を?」

これには逆にアメリアがびっくりしたみたいで、俺は内心の焦りを抑えつつ、説明をした。

「大規模な魔法を使う時って、精神統一のために自分のこう……好きな物事をキーワードにしてつぶやくんだ」

「そうでしたか……それで私を」

「…………ああっ、ほ、本当にごめん!」

俺は慌てて謝った。

前詠唱に名前をいつもつぶやいているから、アメリアはトリスタンに引っ張り出されて、両親を人質にとられた。

それを思い出して、あわてて謝った。

「いえ、リアム様を責めているのではありません。ただそうだったのですね、と」

「それでも、本当にごめん」

俺はもう一度謝った。

「たしか、リアムくんがとても好きな歌姫の事なのよね」

ジョディがそう聞いてきた。

「ああ」

「どんな歌を歌うの？」

「あ、それ。すごく興味がある」

ジョディの疑問に、アスナが乗っかった。

「えっと……」

俺はうかがうような視線をアメリアに向けた。

それをうけ、アメリアは婉然と微笑みながら。

「では、お耳汚しですが」

と言って、息を大きく吸い込んだ。

俺は反射的に、びしっ！　と直立不動のような姿勢になった。

それを見たジョディが微笑み、アスナが「大げさ」と言わんばかりの笑顔をしてきたが、反論してる余裕なんてなかった。

そして、アメリアが歌い出す――。

☆

夢のような時間が終わって、俺はそっとまなじりを手の甲で拭った。

涙した感覚はしなかった、しかしアメリアの歌を聴いたあとは必ず気づかない内に涙がこぼれているであろうと過去の経験がそれを告げている。

案の定、まなじりをぬぐった手の甲がはっきりと濡れていた。

静かに涙を拭った俺、その一方で、ジョディは深く沈み込むソファーに腰掛けたまま、微動だにしないまま滂沱《ぼうだ》の涙を流していて、アスナはといえば「えっぐ、えっぐ」とすすり泣きをしていた。

それを見て、俺は変な優越感に浸っていた。

俺は何もしていない、それでもアメリアの歌声は二人の心にしっかり響いていた。

「先に知った」だけの人間特有の、しょうもない優越感に浸っていた。

「お耳汚しをいたしました」

「とんでもない。さすが『愁《うれ》い目のアメリア』。前に聴いた時よりもさらにすごくなってる！」

「失礼ですが、リアム様はどこで私の歌を？」

「ああ、とある地主の屋敷の、塀の外から聴いてた」

「あら……」

アメリアは目を見開き、驚きの表情を浮かべた。

「リアム様が、塀の外から？」

「え？　あー……その、たまたま」

俺は話を逸らした。

それは前世の話、貴族のリアムに乗り移る前の話。

地主におそらく招かれたアメリアの歌を偶然聴いたと言う話だ。

貴族のリアム、魔王のリアム。

どっちにしてもおかしい話で、それは答えようがないからとぼけるしかなかった。

「そ、それより。二人はどうだった？」

分かり切っているが、話を逸らすという意図も込めて、アスナとジョディに聞いてみた。

「……」

普段は年長者という事もあって、ラードーンらとは別の意味で超然としているジョディだが、彼女は返事もできないほど呆けたまま、余韻《よいん》に浸ったままだった。

対照的に、アスナは戻ってきていた。

「すごい！　すごいよリアム。歌でこんなに感動するの初めてだよ」

「だよね」

「ねえねえ、あんた、心を読めるの？」

「心？」

アスナはアメリアに聞いたが、不思議に思った俺は横から逆にそれを聞いた。

「うん！　心。だって、こう歌にどんどんどんどん引き込まれていって、やばい泣きそう――の瞬間にガツンと一番悲しいのがくるんだもん！」

「えっと……その気持ちの動きを読んでそう歌ったって事？」

「そう！」

「それはどうかな――」

「私もそう思ったわ」

横から、ジョディがハンカチでそっと涙を拭いながら、アスナの意見に同調してきた。

「心が読める――そう、そうとしか思えないほどだったわ」

「うんうん、そうだよね」

「へえ……」

アスナだけならどうなんだろうと思ったが、ジョディも同じ――二人まったく同じ感想を抱いてるのならそれは気のせいで片付けられるものじゃないと思った。

――が。

「いや、でも」

「どうしたのリアム？」

「それって……つまり、アメリアさんが二人の気持ちを読んで、そうなるときに合わせて泣けるように歌った――って事だよな」

「そうだよ。ねっ」

アスナは頷き、とうのアメリアに同意を求めた。

アメリアは困ったような笑顔を浮かべた。

「うーん……」

「何か気になるの？　リアムくん」

「ああ。丁度音に関する魔法をあれこれしてたから分かるんだけど、音って、範囲魔法みたいなものなんだよ」

「範囲魔法……そうね、まわりに広がって、満遍なく影響を与えると言う意味ではそうだわね」

「範囲魔法が範囲内の対象の動きに合わせて微妙に効果を出すのって——不可能だと思うんだけど」

俺はいろいろ考えてみた。

いくつかやれそうなやり方を思いつくが、どれもこれも実践に移すとなると問題ありとしか思えなかった。

「その……お恥ずかしい話ですが」

アメリアは宣言通り、恥ずかしそうに頬《ほお》を染め、ややうつむいた感じの上目遣いで言ってきた。

「少し、違うのです」

「違うって？」

「その——」

「待って」

話そうとするアメリアに、ジョディが待ったをかけた。

「ジョディさん？」

「ねえ、あなた、それ。門外不出の秘伝みたいな事を話そうとしているのではないかしら？」

「え？」

俺は驚いた。

パッと振り向くと、アメリアの表情がそうだと物語っていた。

「えええ⁉　だ、だめだよそれ。アメリアさんのそんな！　大事な技術の話をそんな軽々しくと」

俺は必死に止めようとした。

アメリアの歌のすばらしさは俺が誰よりもしっている。

そのテクニックはきっとすばらしい物だろう。

だから俺は必死で止めようとした。

「大丈夫です……リアム様にならば」

そう言って、アメリアは続けた。

「その、おそらくおっしゃりたいのは、聴き手側の気持ちはばらばら、一人一人に合わせた歌い方を同時にするなんて不可能、という事かと」

「うん！」

「そうではなく、逆なのです。なんともうしますか、下準備を整えて、全員がそうなる一歩手前まできたところで、いっきに」

「……ああ、なるほど」

そういう事か、と思った。

思った、が。

「………それってやっぱりすごい事だよ!?」

落ち着いて考えてみたら、確かにそっちの方は不可能ではなくなったけど、ものすごく難しい事、超高等テクニックな事に変わりは無い。

それをしれっと言ってのけるアメリア……やっぱりすごいと思った。

「はあ……やっぱりすごい人だったねえ、アメリア」

「リアムくんが憧れるだけあるわ」

「だろ!?」

アスナとジョディに同意してもらえて、俺は嬉しくなった。

「そだ、あたしらを呼び出したのは何？　歌を聴くってだけじゃないんでしょ？」

「あ、うん。アメリアさんのご両親もきてて」

俺は事情を説明した。

アスナは憤慨し、ジョディは笑っていないような笑顔になった。

アメリアの歌を聴いた直後だからか、そのアメリアのご両親を人質にとったという行動が許せないと二人とも思ったようだ。

「だからしばらくこの街にいてもらうけど、魔物ばっかりじゃ怖がるかもしれないから、二人にお願いできないか？」

「まかせて」

「ええ、お相手するわ」

「ありがとう」

「ありがとうございます」

アメリアは二人に向かって深々と頭をさげた。

「さて、これで歌会の準備を進められる。アメリアさん、何かほかに用意してほしいものはある？　歌うために」

「そういう事でしたら……琴、を」

「琴……ああ！　そういえばそんな音色だった！」

俺は盗み聞きのアメリアの歌声を思い出した。

そういえばそうだ。

アメリアの歌が素晴らしすぎてほとんど頭にのこってないが、そういえば何かしらの楽器の音がした。

「琴か……どういうのがいいの？」

「メジャーなところだと七弦の琴かしら？」

ジョディも一緒になって聞いてみた。

しかし、アメリアはゆっくりと首を横にふった。

「八十八、です」

「……え？」

「八十八弦琴、です」

はじめて聞いた代物に、俺はびっくりして、口をぽかーんと間抜けにあけはなってしまうのだった。

.263

「そんなものがあるんですか？」

俺は驚いたまま、率直に聞き返した。

「はい……その、色々と試してみた結果八八本が最適となりましたので」

「え？　じゃあそれ、アメリアさんが自分で作ったって事？」

俺と同じように驚いていたアスナも、同じように疑問をぶつけた。

「作った、という大げさなものではありませんが」

アメリアは目を伏せ、苦笑いして答えた。

本人はなんか謙遜してるけど、俺はすごいと思った。やっぱりアメリアだと、さすがだと思った。

「という事は、それがないと歌えない、という事なのね」

ジョディが言うと、アメリアはちょっと困った顔をしながらも。

「そういうわけではありませんが、あればより――」

「いや、必要だよ！」

俺はアメリアの言葉に被せるように言い放った。

「それがあった方が、アメリアさんの本来の歌い方ができるんですよね」

「それは……はい」

「だったら必要だ！　えっと……持ってきては……」

俺は探り探りで、って感じで聞いた。

同時にアメリアがやってきた時の光景を思い起こしてみる。

八十八弦琴。

それが実際どういう物なのかは知らないけど、俺でも分かる事が一つある。

絶対に小さい物じゃない、かなりでっかい代物なんだろうというのは俺でも分かる。

アメリアが来たときの事を思い出してみたが、そんな「でっかい代物」はどこにもなかった。

「はい。その……身一つで連れてこられましたので」

「えー」

「どうして……だって、アメリアさんなら――」

俺は言いかけて、言葉を詰まらせた。

ある光景が脳裏に浮かんできた。

あの夜、ほとんど一糸まとわぬ姿で俺の部屋にやってきたアメリア。

アメリアは連中に、体で俺を籠絡しろと強制されていた。

そうなると当然、楽器なんて持ってこさせはしないだろう。

「――あ、うん。まあ」

「どうしたのリアム？」

「顔が変よリアムくん」

その事を知らないアスナとジョディは不思議そうに俺の顔をのぞきこんだ。

一方当事者であるアメリアはすごく複雑そうな顔で、どうにか口を笑みの形にしてやりすごすような感じになっていた。

俺は話を逸らした。

「えっと――そう。なんで八八なんだ？　普通の、さっきジョディさんが言ってた七じゃダメなのか？」

八八という数字。

普通じゃない数字だから、そこに疑問を持つのは当然――という感じで話をそこに逸らした。

「いいえ、ダメな事はまったくありません。ただ、琴という楽器は弦の数、もっと言えば種類で音の幅が決まります」

「ああ」

俺ははっきりと頷いた。

数が幅に連動しているというのは俺でも分かる話だ。

「じゃあ一番メジャーな――七弦？　は、音の幅が狭いって事？」

「いいえ、そこは弾き方です」

「弾き方？」

「はい……実際にやってみせてもいいですか？」

「あ、うん」

俺が頷くと、アメリアは大広間のテーブルを、人差し指でトントン、と叩いた。

「今のが指先で叩いた音です。そして、これが指の腹――」

と言って、またトントンと叩いた。

「――で、叩いた音です」

「音が違うよね」

「たしかに」

俺はアスナと頷き合った。

「このように、同じものでも叩き方次第で音が違います。さらには他に触れているかどうかでも――」

アメリアはそう言い、同じつま先でトントンと、そしてテーブルを手で押さえた状態でトントンと叩いた。

「あっ、ちょっと違う」

「えっと……違う？」

「微妙にね。リアム分からない？」

「ああ、俺にはちょっと……でも違うんだよな」

「うん。だよね」

「はい」

アスナが水を向け、アメリアは静かに頷いた。

「琴もおなじで、弾き方、押さえ方、それを組み合わせる事で音の幅を出します。ですので、弦が七本だけであっても、つま先と腹、押さえると押さえない——単純計算で七本それぞれに四種類の音が出ます」

「それで二八……」

「はい。押さえ方でもう少し微妙に違いを出せますので、実際はもっと多くなります」

「なるほど……」

俺は感心した。

楽器って、そんな感じなんだなと初めて知って、感心した。

「その……恥ずかしい話ですか」

「え？」

「そういう微妙な弾き方が苦手ですので、最初から違う音の弦を多く用意する事でカバーしました。八八本の弦があれば、全部つま先で弾いても八八段階の音をだせますので」

「なるほど！」

「私は演奏しながら歌いますので、その、演奏の方を少しでも簡単にしなければ、と思って」

「そういう事だったのか……」

俺は頷き、ひどく納得した。

すごく分かりやすい理屈で、理由もはっきりしていた——が。

「リアムくん、騙《だま》されないようにね」

「え？　騙されるって……どういう事？」

俺は驚き、ジョディの方を見た。

彼女はいたずらっぽい笑みを浮かべている。

その指摘、アメリアに対する指摘だけど、ちらっと見えたアメリアはきょとんとしてて、「騙す？」ってかんじでまったくそういう意図はなさそうに見えた。

どういう事なんだろう、とジョディに視線を向け、答えを促した。

「たしかにね、それだと弾き方が簡単になるかもしれないよ。でもね」

「うん？」

「それって、最低でも八八の音を操れるって事なのよ。自分オリジナルの楽器なんだから、必要が無ければ八八本までふやす必要はなかったはずよ」

「……たしかに！」

一瞬戸惑って、確かにジョディの言うとおりだと思った。

「私だとね——」

ジョディはそう言い、パンパンパンパンパン——って感じで、手拍子をしながら歌い始めた。

それはジョディが普段からもつ雰囲気によく似合っている、子守歌だった。

ジョディは手拍子のまま一節だけ簡単に歌ってから、にやりと。

「——こんな風に、歌いながらだと一音しか同時にやれないわ」

と、いたずらっぽく言った。

一音だけ、というのは極端で、冗談めかして言ったものだけど、その分ジョディの言いたい事がよく分かった。

八八音同時はすごい、普通にすごい。

アメリアと比べるのもおこがましいけど、俺の同時魔法、前詠唱なしだと六七くらいが限界だ。

八八同時に扱えるのがいかに難しい話なのかは何となく分かる。

「それにね」

「まだあるの?」

ジョディは頷き、さっきのアメリアと同じように、トントン、とテーブルを叩いた。

トントン、トントン、トントン、ト——

「今、音が違うの分かった」

「ああ」

「私は同じ叩き方をしたわ、全部つま先のつもり。でも、全部つま先で叩いたつもりでも、繰り返してるとちょっとだけミスして指の腹で叩いてしまうときもある」

「それはそうだな」

俺も同じようにやってみた。

俺がやるのを見ながら、ジョディが続けた。

「まったく同じ動きを続けるのは難しい事よ。歌いながらならなおさら」

「……ああ、やっぱりアメリアさんはすごい！」

「そんな事ないです……その、歌っている最中は、気を張っていて、それでどうにか……」

「気を張って？　なのか？」

「はい……」

「……つまり、そこに意識をちょっととられてる……？」

「はい……そうです、けど」

「……」

俺はあごを摘まんで、考え込んだ。

それは——よくない事だ。

絶対に絶対に、よくない事だ。

俺はアメリアの歌が好きだ、大好きだ。

アメリアの歌う歌ならなんでも好き——だが。

わがままを言わせてもらえるのなら、アメリアが全身全霊を込めて、ただ「歌に集中」した歌を聴きたい。

楽器の演奏にさく集中力は最小限に留めておきたい。

だから……考えた。

頭をフル回転しながら考えた。

「リアム様……？」

不思議そうに俺を見つめてくるアメリア。

考えはすぐにまとまった。

「魔法で――叩き方を簡単に一定にすればいい」

やるべき事、その方向性はすぐにまとまった。

「それはどういう……」

「アメリアさん」

「アスナさん？」

「これがリアムだから」

「はあ……」

俺が更に一定の叩き方の実現方法を考えている中、アスナがなんか得意げな顔をして、アメリアはちょっとだけ困惑していたのだった。

.264

「……」

少し考えたあと、俺は両手をまっすぐ前に伸ばした。

「何をするの？」

アスナがちょこんと小首をかしげて聞いてきた。

質問してきてはいるが、不思議に思っている感じではない。どちらかと言えば「これから何をするんだろう」という期待感の方が強いように見える。

「見てな」

俺はそう言って、伸ばした両手の一〇本指を目一杯広げて、ピンと伸ばすようにした。

そして指先――指の腹を下向きにして、その先にあるテーブルと向き合うように意識をする。

その指先から魔力を放出した。

左手の小指、薬指、中指から、最後は右手の人差し指、親指と、順番でやっていった。

放出した魔力は弱めの物で、さっきやった指でテーブルを叩くのとほとんど同じような力加減だった。

魔法ではない、純粋に魔力を放出して、それでテーブルを叩く。

一〇本指を一巡して、また最初の左手小指から。

それを一巡、二巡、三巡と――。

「それぞれが同じ強弱、なのですか？」

と、アメリアが聞いてきた。

「分かるんですか？」

俺は手を伸ばしたまま、視線だけを向けて聞き返した。

アスナとジョディがいるとついつい緩くなりがちだったから、アメリアには丁寧な言葉使いを心がけるようにしながら聞き返した。

そうやって聞き返すと、アメリアが微かにあごを引く程度に頷いて、答えた。

「音の違いで」

「そうなんですね」

「それと、指ごとの強さは常に同じ……でしょうか」

「はい、その通りです」

俺は頷き、そうだと言った。

「なんでそんな事をしてるの？」

新しい質問をしてきたアスナの方を向く。

「同じ強さで叩く方法がほしいから。全部の指でそれぞれ違う強さにしたのは――」

「逆に、だからこそ強さの調整が上手くできる、と言う事ね」

俺の代わりに答え合わせをしてくれたジョディの方を向いて、頷いた。

ジョディの言う通りだ。

一〇本指の一〇種類の強さ、それを繰り返していても同じ強さで混ざらずにできるのなら、完全に力をコントロールできるという事だ。

「なんでそんな事をしてるの？」

「八八本まで弦をふやしたのは同じ引き方でも違う音が出せるから――ですよね」

「はい」

「だからまずは力のコントロールをって。まずは俺が力を一定にコントロールできなきゃ話にならないだろ？」

「そっか」

「で――」

目を閉じ、両手のうち左手を下ろす。

のばしたままの右手は人差し指だけを文字通り何かをさすような形にする。

その先端に意識を集中して、そっとテーブルをなぞる。

テーブルの上に魔力が残った。

「わあ、なんか水で濡らしたのをなぞってるっぽい」

アスナが漏らした感想で、次にやりたい事の第一関門がクリアされたと分かった。

そのまま、俺はアスナの感想通りにテーブルの上で一〇回なぞった。

そして、目を開ける。

テーブルの上には、アスナの感想通りの、まるで水で濡らしたかのような、淡い魔力の光が一〇本引かれている。

「こんどは？」

「触ってみて。痛くはないから」

「ふむ？」

この場にいる、おそらくは一番好奇心が強く、ためらいがないアスナに言った。

俺がやってもいいけど、最終的にはアメリアに使わせる技か魔法か魔導具の開発だから、ここでアスナにやらせる事にした。

アスナはちょっとだけ「なんだろう」という顔をしながら、光の線の一番左に触れた。

すると——パチン！

「わっ」

冬で金属のドアノブに触れた時にちった火花のような、そんな小さな破裂音がした。

弾けて、線が消えてアスナも手を引いた。

「痛みはないだろ？」

「え？　あっ、ほんとだ」

アスナは破裂音で手を引いたが、俺に言われて、もう一度光の線、左から二番目の線に触れた。

またパチッと音がした。

今度も線は消えたが、アスナは手を引かなかった。

「ほんとだ、音だけして痛みはないね」

「他のもさわってみて」

「うん」

アスナは言われたとおり、次々に線に手を触れて、パチパチパチパチ——と鳴らしていった。

一〇本全部鳴らし終えたあと、俺はアメリアの方を向いて。

「音の強さは……分かりますか？」

「はい、すべて同じでした」

さっきのやり取りを引き継いだ質問だったからか、あるいはアメリアも既に気づいているのか。

彼女はあっさりと即答した。

俺は頷き、成功した事にちょっとほっとした。

魔晶石鉱床においてきた、魔晶石の中に魔法を閉じ込めておくあの技法の応用だ。

めちゃくちゃ薄い魔力の中に音が出る仕組みを封じ込めておき、「誰かが」——つまり「誰でも」触れたらそれが解放されて音が出る。

「なら、基本の形はできました。あとは長持ちするような形を作ります」

「あの……それは難しくなりませんか？」

「大丈夫ですよ。今回の事を考えれば、一曲の間持つ仕組みであればいいわけです」

俺の返事がこうなるのは、応用した技術があの、魔力を途切れさせない、半永久的に動かし続ける事を考え続けたあそこから来てるからだ。

それに比べれば、楽器は一曲の間持たせればいい。

歌ってる間に仕組みや道具が壊れるのは論外だが、毎曲ごとに交換したり補修したりすれば実用上の問題はない。

特に今回は、実際は俺がつきっきりでサポートさせてもらう事になるはずだ。

俺がいれば問題にはならない――いや。

アメリアが歌う協力をさせてもらえる事なんてこの先あるかどうか分からないし、光栄な事だ。

問題が起きそうでも全力でなかった事にする。

そのくらいの覚悟を決めている。

「あとは……道具としての見た目はこんなかんじでいいですか？」

俺はそう言い、テーブルの上に次々と魔法の線を描いていった。

同じ長さ、同じ太さ、さらには同じ間隔で並ぶ――八八本の線。

途中から全員が八八本になると察していたし、アスナにいたっては途中から数をかぞえてくれていた。

それでぴったり八八本の線を書いてから、更にアメリアに目を向ける。

アメリアは無言でその線と向きあって、線の上に白く細い指を踊らせる。

リズミカルな指の踊りは、それだけで曲調が聞こえてきそうな感じだった。

そして少しやってから、俺のほうをむいた。

「はい、大丈夫だと思います」

「分かりました。すぐに次の段階の、試作品を作ります」

俺はホッとした。

七弦琴の代わりになる道具ができそうでホッとした。

自分で言うのもなんだが、想像している形なら――。

「さすがリアムくん、その形なら間違いなく八十八弦琴よりはひきやすいわね」

「ああ」

ジョディの言葉に頷く、俺は達成感を覚えていた。

ひきやすい――というのは最高の結果だと思った。

ひきやすければひきやすいほど、その分アメリアは歌の方に集中できるはず。

彼女の歌声に惚れ込んでいる俺としては、もしかして「もっとすごい歌声が聞こえるのではないか」というワクワク感が胸をいっぱいにした。

が、しかし。

道具や技術としては完璧だが、実際は致命的に間違いだった。

その事を、俺はすぐに思い知らされる事となる。

.265

夜、自分の部屋の中。

俺は戻ってきたラードーンと、今日それぞれの所で起きた事を話しながら、弦を叩く魔法の開発を続けていた。

ラードーンからはデュポーンを「上手く乗せてやったわ」という話を、割と上機嫌な感じで聞かされた。

「それって……結構意外かもしれない」

『意外?』

「ああ、性格的な意味で。ラードーンよりデュポーンの方が細かい性格?　っていうのか。そうなのは結構意外だ」

『うむ。こればかりは仕方がない、ヤツの現状という事もあるのだが』

「仕方がない?　現状?」

どういう事なんだろうか、と寝室に備え付けられたテーブルを魔力でトントントンと叩きながら聞き返す。

『例え話をしよう。お前は歩いている最中に何か虫を踏みつぶしたとしよう。足裏にそれなりの感触が残る程度の虫だ』

「え？　ああ」

『その場ではどう感じる。ああ、虫が想像しにくいなら犬のフンとかでもよいぞ』

「それはまあ……いやだな、って」

『うむ、そうだろうな。だが、それでその後歩くのにいちいち虫やフンがついているかどうかを確認しながら歩くか？』

「まあ、しないな」

ちょっとだけ考えてみたが、虫も犬のフンも、人生の中で何回か踏んだ事はある。

踏んだ事はあるけど、そのあと気をつけているかと言われればまったくしてないって言うしかない。

『それと同じ事だ。我は人間に比べ超越しすぎている、今回の人生も永くなりすぎた。ヤツの言うとおり、一〇〇〇〇人の街に一〇人かそこらが隠れて生き延びても気づきもせん』

「デュポーンは違うのか？」

『ヤツは生まれ変わったばかりでまだ若い』

「ああ……」

そうだった、と思いだした。

三竜の中でデュポーン一人だけ過去に二回死んで、生まれ変わっている。

それはつまり「今回の人生」はラードーンとピュトーンに比べてまだまだ若いって事でもある。

ある――のだが。

「若いと気づきやすいのか？」

『うむ。それにヤツは今恋する乙女だ。お前のためなら念入りに「全滅」をやってくれる』

「そうか」

恋する乙女だとそうなるのか？　とちょっと不思議に思った。

いや恋する乙女は強い、という言い回しは聞いた事はあるが、その「強い」が街の人間の殲滅に繋がるというのはいまいち良く分からない話だった。

『こっちからはこんな感じだ。それよりも』

「うん？」

『その娘の話は分かったが、八十八弦琴とやら、現物は一度見ておかなくていいのか？』

「え？」

俺の手が止まった。

ちょっと驚いて、魔力でテーブルを叩く動きが止まった。

「現物？」

『うむ。お前が言う方向性が間違っているとは思わん、実際正しいのだろう』

「じゃあ？」

『そうであっても現物を実際に見ているのとそうじゃないのとでは発想も違うだろう。あえて数字でたとえるが、見ないで一〇〇点の改良ができても、見てもう一つの一〇〇点を思いつく事もあるだろう？』

「…………なるほど」

俺は少し考えて、ゆっくりと、しかしはっきりと頷いた。

それは盲点だった。

ラードーンの言うとおり、同じ一〇〇点のが更に見つかるかもしれない。

同じ一〇〇点なら、それは複数あった方が絶対にいい。

俺はラードーンに礼を言って、立ち上がって魔法陣を広げた。

☆

次の日の朝、宮殿の応接間。

俺は来てもらったアメリアの前にそれを置いた。

「これは……私の琴？」

アメリアはそれを見て、驚いた顔で俺の方を向いてきた。

「はい、アメリアさんの八十八弦琴です。独特でオンリーワンのものですので、間違いないとは思っていましたけどあって良かったです」

「これをどうやって？」

「行った事がない場所でしたのでワープはできませんでした。なので俺自身の契約召喚で向かわせて、そこでアイテムボックスにいれて、この街にのこったままの本体で取り出しました」

「わ、わーぷ……？　契約……召喚？」

アメリアは困惑した。

俺の説明が悪かったのか？　と焦ってしまった。

「すみません……この子を運んで頂けるとは思ってもいなかったものでしたので」

「ああ、はい」

俺はなるほどと思った。それは確かにそうかもしれなかった。

そう思いつつ、アメリアの八十八弦琴を見た。

八八本の弦もあるという事は、必然的にかなり大きい楽器だ。

キングサイズのベッドに比肩するほどのサイズは、楽器に詳しくない俺でも規格外に大きいのはよく分かる。

同時に、もう一つの事もよく分かった。

いや、確信した。

「大きいですよね、現物を見て改めてそう思いました」

「そうですね、楽器としては規格外だとは思います」

「これくらい大きいと弾くのも大変ですよね」

「おっしゃる通りです」

アメリアの返事に、俺は小さく頷いた。

やっぱり大変だった。普通にどう考えても大変だった。

ラードーンはもう一つの一〇〇点が見つかるかもしれないと言ったけど、俺は自分が考えた魔法を応用した弾き方の方が絶対に「楽」なんだろうなと、目の前の八十八弦琴を見て確信した。

「御前、失礼します」

アメリアはそう言って、八十八弦琴の前にたった。

弦にそっと触れて、それを弾く。

八八本の弦をかき鳴らしながら、静かに歌い出す。

最初は喜んだ。

アメリアの事は憧れたが、塀の向こうから聞こえてくる盗み聞きの歌声しか知らない。

だから目の前で演奏してくれるという事に感動し、ワクワクした。

しかし、次の瞬間。

俺が開発しようとした魔法にもった確信は粉々に打ち砕かれた。

八十八弦琴をかき鳴らすアメリア。

大きいという事は、動きも大きいという事。

その動きの大きさは――さながら踊り。

踊り、そして歌う。

俺が知っている一〇〇点の歌声に、初めて見る一〇〇点の踊りが加わった。

「……」

かつてない衝撃が頭の中を駆け巡って、偉そうに「簡単に弾ける」魔法なんて考えようとした自分が恥ずかしくなって。

俺はアメリアに改めて、一目惚れしてしまうのだった。

.266

「リアム様？」

「……はっ！」

どれくらい呆けていたんだろうか。

それさえも分からなくなるくらい、気がついたらアメリアの演奏はもう終わっていて、彼女はおそるおそるといった感じの表情で俺の顔をのぞきこんでいた。

目の前に「急に現われた」アメリアの顔に、俺は弾かれるようにのけぞって、後ずさった。

「す、すみません！」

「いえ、私の方……こそ……？」

アメリアはそう言い、複雑そうな表情をした。

「何か至らぬ点がございましたでしょうか」

「――ッッッ!!」

俺はブンブンブンブン――と、ちぎれるかってくらいの勢いで首を横にふった。

余りの勢いにアメリアは一瞬戸惑ったが、そうじゃないと言う事ははっきりと伝わったみたいで、くっつきそうになっていた眉間《みけん》が少しだけ緩んだ。

「では……どうなさったのでしょう」

「聞き惚れていました！　です！」

『――ぷっ』

俺の中でラードーンがこらえきれずに吹きだした。

彼女がこうして吹き出すのはかなり珍しい事。今までほとんどなかった事だ。

それで一気に恥ずかしくなって、耳の付け根までかあとあつくなった。

よく見ればアメリアも困ったような顔をしている。

さっきまでとはまるで違う感情。

俺の反応に、アメリアも困っているのがありありと見て取れた。

☆

「……ふぅ」

応接間の中で俺一人になった。

さすがに恥ずかしくなって、ギガース達を呼んで八十八弦琴をアメリアに泊まらせている迎賓館に運ばせた。

大事な物だからという理由で、運搬設置に本人も指示があった方がいいという事で、アメリアをいったん帰らせた。

そうして一人になって、ホッとして、たっぷりと抱え込んでしまった羞恥を必死に胸の中で消化しようとした。

『ふふっ、あれではただのファンだな』

「ただのファンだよ、最初から」

俺は困った顔のまま、ラードーンに言い返した。

そう、ただのファン。

元からそうで、だから「あれでは」も何もない。

『そうか。ならあの娘の境遇が少しかわいそうになってくる』

「え？　アメリアさんが？　なんで？」

『渦中の魔王が自分の一ファンだった、大公が親を人質にとっていてもなんとかしたい悪の親玉がただのファンだった。その心境はいかばかりか――だ』

「うっ……」

そういう風に言われると確かにそうだ、と思った。

「またアメリアさんに迷惑かけてしまったか」

『まあ気にするほどの事でもあるまい。複雑な心境になるだけで、悪い気はせんだろ』

「そ、そうか」

そうだといいな、と思った。

「しかし……失敗だな。大失敗だ」

『あの娘の歌う姿を初めて見る――だったか』

「ああ」

俺は頷く。

今までは塀の向こうから盗み聞きだった――とは、いろんな意味であえて言うまでもないと思った。

『それで目を奪われたというわけか』

「ああ。……それはこの際もういいんだ」

『ふむ？』

「アメリアさんの本当の演奏を知らずに、得意げになって演奏の…………助け、に」

その言葉が恥ずかしくて出てこなくて、ここしばらく記憶にないくらい口籠《くちご》もってしまった。

『ふふっ、我もお前との付き合いがそれなりに長くなってきたが、だからこそ面白い』

「へ？」

『つまる所あの娘が初めてお前の魔法を失敗に追い込んだ人間、という事になるのだろう？』

「そうだな。……恥ずかしいよ」

『冗談だばか者が』

「へ？」

冗談？　と、俺は首をかしげた。

目の前に誰もいなくて、ラードーンは俺の中にいる。

俺はまるでそこにラードーンの幻影が見えているような感じで、首をかしげて聞き返すような仕草をした。

『そもそも魔法の理論自体に問題はなかったのだろう』

「魔法の理論自体……？」

一瞬なんの事を言われてるのかと、理解しきれずにどう答えていいのかと頭がとまってしまう。

『「簡単に演奏する」という意味では今でも間違ってはいまい？』

「……ああ、それはそうだ」

そうだ、と小さく頷いた。

ラードーンの言うとおり、簡単に演奏する、というのは失敗ではない。

失敗なのはアメリアの演奏と歌にいらないものを入れかけたという俺の考えの甘さってだけで、仮に別の人間が八十八弦琴を簡単に演奏しようとしたらこの魔法で間違っていない。

『つまりお前の失敗は魔法そのものではない、前提条件となる情報が足りていなかったというだけの話だ』

「……つまり？」

どういう事だ？　と聞き返す。

『なんだ、察しが悪いな』

「…………？」

『あれを見て、簡単に演奏する方法はありがた迷惑だと知った』

「むしろ冒涜だろ、あれ」

『うむ。しかし今は知った。そもそもお前はあの娘の最高の歌を魔物達にも聴かせたいがためにあれこれやっていたのだろう？』

「そうか……あれのフォローになるような事をすればいいのか」

『うむ』

「しかし、ああまで完璧な演奏と歌に俺が何かする余地なんて」

『直接魔法ではないのだから気づかなくとも無理はない』

「え？」

『我の感想を言ってやろうか？』

「あ、ああ」

『たしかに歌も演奏も群を抜いていた。我でも分かるくらいの出来映えだった。かなり傑出した奏者にして歌い手だ』

「ああ！」

俺は大きく頷いた。

ラードーンから紡がれる、アメリアを認める言葉にはすごく興奮する。

『が、だ』

「え？」

『楽器の職人というわけではないようだな』

「……あ」

俺ははっとした。

ラードーンが俺の中で頷いた。

『独特な楽器を開発したのはいいが、職人というわけではない』

「八十八弦琴は道具としてはクオリティが低い……」

言葉にしてみて、自分でもそうかもしれないと思った。

ならば――。

「いや」

俺はすんでの所で思いとどまった。

『うむ？　どうした。あれは道具の品質でいえば三流なのは間違いないぞ』

「だとしても、アメリアさんがあえてそうしたかも知れない。それをアメリアさんに聞かないで突っ走るのは演奏魔法と同じ事のくり返しだ」

『……うむ』

ラードーンは一呼吸ほどの間をあけて、感心した様に言う。

『よく気づいた、さすがだ。我も少し反省しよう』

.267

「という訳なんですけど」

翌朝、アメリアの所を訪ねた俺は、彼女の八十八弦琴の事について聞いてみた。

「八十八弦琴って、道具としてアメリアさんにとってどういう物でしょうか。これがベストなのですか？　それとも道具としてもっといいものがあると思っているんですか？」

「リアム様のお気遣い、痛み入ります」

俺の言葉を最後聞いたアメリアは、楚々とした様子でお礼を言ってきた。

それで俺がちょっと焦ったが、アメリアは続けた。

「今の物は、私《わたくし》が少しずつ調整、改良をしてきたものです。その場その場で手を加えてきた、と言いますか」

「あっ……」

そっちか、と思った。

ラードーンも俺の中で『ふむ』と声を漏らした。

そっちのパターンだった。

使う人間が長年にわたって、少しずつ手を加えて改良していったもの。

そういう場合、新しければいい、いい物だったらいい、という訳ではない。

それくらいの事は俺にでも知識としては分かる。

だから俺はこんな話を持ち込んできた事を謝ろうとした。

「すみません、変な事を――」

「ですが」

「え？」

下げかけた頭がピタッと止まって、おそるおそる、といった感じで上目遣いでアメリアを見た。

アメリアはちょっとだけ困ったような顔で先を続けた。

「やはり素人の域を出ません。八十八弦琴では試せた事はありませんけれど、七弦琴を用いていた頃は、自分が補修した物よりも職人の方の作の方がいい音色が出ていました」

「……なるほど」

『ふむ、また少し早とちりだったわけだな』

ラードーンが言い、俺は密かに同意した。

アメリアの言葉を最後まで聞かずにまた先走ってしまいそうになった事をちょっと反省した。

反省して、これ以上間違いがないように、ここまでの先走りを踏まえた上で、率直に聞く事にした。

「アメリアさん。シンプルに『いい』八十八弦琴がいいですか？　遠慮しないで本当の事を教えて下さい」

「……」

アメリアはしばらくの間、じっと俺の事を見つめた。

俺は見つめ返した。

これ以上の間違いを起こさないようにするには、アメリア本人の口から、忖度のない言葉をもらうのが一番だ。

だから急かさずに、じっとアメリアの言葉を待った。

アメリアはそんな俺をしばしじっと見つめて、それで理解したのかどうなのか。

「はい」

と頷いた。

「楽器として、質のよいものがあれば、リアム様によりよい歌と演奏をお聴かせできると思います」

「分かりました！　では、お任せ下さい！」

☆

「そういう事でしたら」

宮殿の中、俺の私室。

俺はブルーノとテーブルを挟んで向かい合って座り、テーブルの上にメイド達が足してくれたありきたりなティーセットが置かれている。

丁度ブルーノが来ていたので、俺はアメリアとのあれこれを全て話した上で、ブルーノに聞いてみた。

「最高の琴をアメリアさんのために作ろうと思う」

「そうでございましたか。八十八弦琴……という事ですので、既存品は存在せず作るしかない、という事になりますか」

相変わらず兄なのに完全な敬語で話してくるブルーノ。

そう話した後、ブルーノは少し考える仕草をした。

「どれが最重要なのかは今この場で判断しかねますが、間違いなく必須に入るであろうポイントは分かります」

「それはなんだ？」

「弦……でございます」

「弦」

「質の高い弦――もちろん何をもって質が高いかという話もございますが、琴に最も適した弦、という事で間違いないでしょう」

「ふむ。その質の高い弦の心当たりは？」

「はい」

ブルーノははっきりと頷いた。

「一般的な琴であれば、シルクベアという動物から採取する糸で作った弦が最高級となります」

「シルクベア……熊って事か？　じゃあその毛で作るのか？」

聞くが、ブルーノは静かに首を横に振った。

「いいえ、繭《まゆ》の方でございます」

「まゆ？」

俺はいぶかしんで聞きかえし、自分の眉毛を指さした。

ブルーノはゆっくりと首をふった。

「いいえ、繭――カイコはご存じでしょうか、生糸の」

「え？　あの虫の？」

俺はびっくりした、ブルーノはまた頷いた。

「はい、あれです。シルクベアは非常に珍しい習性の熊で、一年の九割――いえ、九割五分は寝て過ごします」

「冬眠どころのさわぎじゃないな」

「おっしゃる通りでございます。そのためついた別名が怠け熊、もしくは食っちゃ寝熊――は、本筋ではありませんのでお忘れ下さい。そのシルクベアは、寝ている間はカイコと同じように、はいた糸で自分のまわりに繭を作って、その中で寝ております」

「へえ、そういうのがあるのか」

俺はびっくりした、感心もした。

まったく知らない獣の知識がちょっと面白かった。

「その繭の糸が琴の弦には最高の素材です」

「じゃあそいつを捕まえてくればいいのか？」

「はい、しかし問題もございます」

「言ってみて」

「シルクベアはカイコのような繭の中で眠りますが、そこはやはり熊。外部からの危険を感じたらその豪腕で繭を破って逃げてしまいます」

「破るのか」

「はい。逃げるのはよいのですが、繭を破るのが問題です。当然、破られた繭は糸としての品質が――」

「まあ下がるよな」

俺は言い、ブルーノは頷いた。

「ですので、シルクベアを刺激せずに糸を回収する方法を考えなければなりません。ちなみに今現在、完全に成功する方法はなく――」

「それは問題ない」

「え?」

驚くブルーノ。

「何かいい方法がおありなのでしょうか」

「ああ」

俺は頷き、まわりを見回した。

ちょうどテーブルの上にティーセットがあったので、それを使う事にした。

俺は【アイテムボックス】をつかって、ティーカップに注がれた紅茶とを異空間に吸い込んだ。

そして俺の横で、異空間からそれを取り出した。

「繭の中に寝ている熊をこれでよそにどかせばいい」

「なるほど！　さすが陛下！　それなら完璧です！」

興奮気味のブルーノ。

そのお墨付きを得た俺は。

「じゃあそれの現物がある所を調べてくれるかな」

「お任せを！」

と、まずは弦を手に入れるべく、ブルーノに調査を頼む事にしたのだった。

.268

昼下がり、迎賓館のアメリアの部屋。

俺はアメリアと二人っきりで向き合い、事情を説明した。

「そういう事ですので、そのシルクベアがいるとこに行くためにしばらく離れます」

「そう……なのですか」

アメリアは少し表情を曇らせた。

どういう事なのか？　と思っていると、俺がいなくなった事で魔物の国に取り残される――という危惧をしているんじゃないかと思い至った。

俺は慌てて説明した。

「俺がいない時の事はレイナに任せてます。俺なんかよりも日常面では気が利くので、不自由は一切させないはずです」

「……あの」

言い訳がましい感じになってしまったが、アメリアの反応は予想外だった。

俺が推測した、生活面とかそういう事を危惧している訳ではないようだった。

アメリアは俺を見つめ、申し訳なさそうに小さく頭を下げてきた。

「私のために……リアム様のお手を煩わせてしまって。本当になんと――」

「とんでもない！」

思わず大声をだしてしまった。

言葉を遮られたアメリアは顔をあげて、びくっ！　となってしまった。

「あっ、すみません。でもそうじゃないんです、全然、大丈夫です！」

「リアム様……」

「俺のわがままでやってる事です。アメリアさんは経験をたくさんした事があると思うんですけど、アメリアさんの最高の歌を聴けるのならステージとか場所とか、その他諸々――何が必要なのか素人の俺には分かりませんが用意すると思うんです。それと同じなだけです！」

アメリアにそんな風に思わせてしまった事がいやで、俺は「そうじゃない」と六文字ですむ話を延々と早口でまくし立ててしまった。

当然、アメリアは目を見開き驚いた顔をした。

一気にまくし立てて気持ち悪かったかな、なんて思ってしまう。

一方、アメリアは少し困った顔で。

「リアム様のような方は極めて少数派です」

「え?」

「というより、ここまでしてくださった方は初めてですわ」

「初めて? え? うそ」

「大抵は皆さん、無理矢理お屋敷に作った舞台に上がれとおっしゃるのです」

「そんな失礼な⁉」

俺は驚いた。

思わず声が裏返ってしまうくらいの驚きだ。

「リアム様」

「え?」

アメリアは俺をまっすぐ見つめた。

射抜くようなまっすぐな視線、かつてないほどの強い眼差し。

予想外の眼差しに俺は少したじろいだ。

「ありがとうございます」

「え？　ええ？　いやいや、アメリアさんにお礼を言われる事はまだ。ていうか俺の方がお礼を言わなきゃです」

「ふふ、リアム様もそうではありませんか？　私、まだ歌ってもいませんのよ」

アメリアはクスッと笑った。

いたずらっぽい、小悪魔的な笑顔をアメリアが見せたのは初めてで、俺はどきっとしてしまった。

胸が高鳴ってしまったのを慌てて抑えつつ、言った。

「違います、歌の事じゃなくて」

「歌の事ではない……？　それ以外の事で私、リアム様のお役に立てる事なんて――」

「アメリアさんの事で気づかされたんです。えっと……」

俺は必死に頭の中で言葉をまとめようとした。

アメリアの一件ですごく勉強になったし、今後に役に立つ考え方なのは間違いない。

それは本当に勉強になって大げさに言えば成長に繋がる事だが、上手く言葉にまとまらなかった。

これでまた早口になってまくし立てるのも嫌だから、なるべく短い言葉でずばっとまとめたい――けど、どうしてもまとまらない。

『それ、我がまとめてやろうか』

ラードーンが言ってきた、まさに渡りに船って感じで、俺は頼むとラードーンに言った。

そして、ちょくちょくやっているように、ラードーンの言葉をそのまま考える事なく口にした。

「『目標さえはっきりしていれば、時には手段を全取っ替えしてもいい』」

ラードーンの言葉を言った瞬間、そうだこれだと思った。

アメリアの琴の一件がまさにそうだ。

八十八弦琴を魔法で演奏する事に一時期こだわっていたが、最終目標は「アメリアの最高の演奏」を聴く事だ。

だからその魔法が不必要だと分かった瞬間やり方を全取っ替えした。

さすがラードーン、簡潔にまとめてくれて助かった。

俺は最後に、自分の言葉をちょこっと付け加えた。

「だから、本当にありがとうございます、アメリアさん」

そう言って見つめると、アメリアは微かに目を伏せた。

そして何故か頬をそめるが、それはなんだろうと首をかしげてしまった。

☆

夜、俺は飛行魔法で空を飛んでいた。

ブルーノから得た情報で、シルクベアがいる、生息地とされているサンネンジという土地に向かった。

『わざわざお前が出向くのが少し面白いな』

「そう？」

ラードーンの語気は本人の言葉通り、面白がっているものだった。

俺はなぜ、それが面白いのか分からなかった。

「ブルーノの話だと、ちょっとでも外部の刺激があると熊が繭を破って逃げる、だっただろ？」

『うむ。であるからして凡百どもに運ばせる訳にはいかない。それは分かっている』

状況をこれまた簡潔にまとめた。

分かってるじゃないか、と思いながら、同時に――。

「じゃあ何が面白いんだ？」

『人間の権力者どもとの対比だよ。あの後、お前が自分で取りに行くと言った時のあの娘の顔を覚えているか？』

「アメリアさんの事？　ああ……その前からちょっと顔を赤らめてたけど、ますます赤くなってたっけ」

『うむ』

「あれはなんだったんだ？」

『ふふっ、我に聞くか、それを』

「ラードーンも知らないのか？」

『知識では分かる。が専門ではない』

「へぇ」

『まあ、安心しろ。悪い事ではない。権力者どもがふんぞり返って下の人間にやらせてた事が、魔王たるお前が直々にやるのだ。その対比で——「誠意は伝わった」、だ』

「なるほど」

ラードーンの説明でなんとなく分かった。

俺もアメリアに誠意が伝わった、という話ならなんの文句もない。

「なら、ちゃんと糸を持ち帰らないとな」

『うむ』

☆

サンネンジは広大な原生林だった。

飛行魔法を全速力でぶっとばして、夜明けを待たずに到着すると、ただでさえ夜なのに、原生林という事もあってその中は不気味で薄暗くて普通なら立ち入るのに躊躇《ちゅうちょ》する場所だった。

「【ナイトビジョン】」

魔法を使う。

最初の古代の記憶の中にあった魔法の中の一つ、夜目がものすごく利くようになる魔法だ。

魔法を使った瞬間、まったく見えない暗闇から、窓のない昼間の小屋の中くらいには見えるようになった。

「まあ、これくらいなら」

『あかりはつけないのか？』

「できるだけ刺激はしたくない。光が刺激になるか分からないから、念の為だ」

『ふむ』

ラードーンが納得すると、俺はサンネンジの原生林の中に入っていった。

前もってブルーノから教えてもらった情報を元に、林——というか森の中を探して回った。

足音を殺した歩き方という事もあって、小一時間くらいでそれを見つけた。

見間違えようがなかった。

カイコが作る繭のような形でありながら、そのサイズは二人三人は収まる、クローゼットほどの大きさだった。

間違いなくこれがシルクベアの繭だなと思った。

俺は手をかざした。慎重に、物音を立てないように魔法を使う。

【アナザーワールド】

魔法の光が繭を包み——手応えはあった。

「——よし」

『久しいなその魔法。アイテムボックスを使うのではなかったか？』

「生き物だし、なんというか、アメリアさんに使う道具で——その」

言葉を選んだ、いい言葉が浮かばなかった。

『血に染まった道具はいやだ、か』

「ああ、それだそれだ。いやそんなに大げさな物でもないけど」

『憧れというのは難儀なものだな。楽器の中にはそもそも動物から剥いだ皮とかを使う物もあるだろうに』

「あはは……」

俺は苦笑いした。

ラードーンの口調はからかいが九割だった。

俺も、我ながらどうなんだろうと思ったが、なんとなくそうしたかった。

俺は気を取り直して、中身のいなくなった巨大繭に近づく。

「まずは確保——さて」

手でふれると、それは鋼鉄のような硬さ。とてもじゃないが、生き物が吐いた糸でできているとは思えないような硬さだった。

.269

ぺたぺたと繭に触れてみた。

最初はおそるおそるって感じで触ってみたけど、すぐにそれがめちゃくちゃ硬いってのが感触からも伝わってきて、強めにノックしたり、パチーンと叩いたりしてみた。

「すごく硬いな」

『ちぐはぐな生き物なのだな。いや、だからこそか』

「どういう事だ？」

『何かを感づいたらすぐに繭を破って逃走をする生き物と聞いただろう？』

「ああ」

『こんな堅牢な繭なのにすぐに逃走するなんてな、というのと、すぐに逃走する臆病な生き物だから堅牢な繭になった、という二つの意味だ』

「ああ」

なるほどな、と俺は大きく頷いた。

「言われてみると確かにちぐはぐだ」

『さて？　これをどうするのだ？』

「糸がぐるぐる巻きになってるのがカイコだったよな」

『うむ。ではほぐしていくか』

「そうだな。せっかく無傷で手に入れたし慎重にやりたい」

俺はそう言って、繭のまわりを回りながら、手触りを確認していく。

どこかにほつれは、とっかかりはないかと確認する。

「おっ」

根気よくさがしていると、繭のてっぺんあたりにほつれみたいな感じで糸が出ているのを見つけた。

それも硬くて、ほつれた糸と言うよりは「突き出ているトゲ」みたいな感じだった。

が、ただのトゲとは違って弾力があった。

それを指ではじくと、震えてピーンとなった。

「面白いなこれ」

『これだけで弦楽器に向いているのが分かるな』

「そういうものなのか」

『うむ。最善かどうかは我も門外漢だから分からんが、まあ、そうなのだろうな』

「だな」

俺はラードーンの言葉に同意した。

俺より物事に詳しいとは言え楽器は専門外というラードーン、それでも今までの経緯を考えれば弦楽器――琴に向いたモノなんだというのが分かる。

「後はこれをほぐすだけだな」

『うむ、どうする？　絹糸のように煮てみるか？』

「いや、ヒントはもうゲットしてる」

『ほう、それはなんだ？』

「シルクベア本人だ」

『ふむ？』

「ピンチになったら速攻で繭を破って逃げる習性だっただろ？」

『そういう話だったな』

「つまり、こんなに硬くても――」

俺はそう言いながら、中指の第二関節で繭をノックするように叩いた。

コンコン、と金属を叩いた時と同じような音と感触がした。

「――シルクベア本人はこれを簡単に、それこそ紙のように破けるって事だ」

『ふふっ、確かにそうだったな。それ以前の問題でもある』

「うん？」

『本人が破けなければ冬眠終わった時に出てこれまい？』

「ああ」

俺は頷いた、同じ話だ。

「だから本人に『聞く』のが一番いい。無難な所だと手――前足か？　に秘密があると思う」

『何かしらの液を吐いて溶かしてる可能性もあるぞ』

「一瞬で溶かす何かの液はすごいけど、そうじゃない事を祈る」

それだと扱いが難しくなりそうだ。

まあ、それならそれで、一度目撃して魔法で再現すればいい。

俺はそう思って手をかざした。

アナザーワールドの中からシルクベアを出して、やってもらってそれをまず観察しようと思った。

思った――が。

「……アナザーワールド……アイテムボックス……」

手が完全に止まった。

魔法を唱えずに、その姿勢のまま考えた。

『どうした』

「……違う」

『うむ？　何がだ』

「出発点が間違ってる、そこにこだわる必要はないんだ」

『ふむ。なんだか分からんが――』

頭の中で聞こえてくるラードーンの語気が、実に楽しげなものだった。

『やって見せるがいい』

「ああ」

☆

俺は少し離れた所で、木の陰に隠れた。

隠れた状態で、さっきまでいた繭のあたりに【アナザーワールド】をつかった。

異空間の中から一頭の熊が出てくる。

見た目は大きい熊そのものだが、白地にところどころ黒い斑点というか紋様がある、モノトーン的な毛皮で全身を覆っている。

そんな見た目のシルクベアが、まわりをきょろきょろしている。

自分がさっきまでいた繭を見つけた。

まずはまわりをグルグル回った。

そして鼻をならしてスンスンと匂いをかいで、そのまま首をかしげた。

『自分の繭なのに自分が外にいる事がふしぎそうだな』

ラードーンが楽しげに言った。

俺は物音を立てるとまずいから、返事はおろか頷く事さえもしなかった。

そのまま見つめた。

すると、シルクベアは自分の繭に触れた。

「――――っ！」

これにはさすがに驚いた。

あれだけ鋼鉄のように硬かった繭がいともあっさりやぶけてしまった。

大きく開口部をつくり、シルクベアは繭の中にもどった。

運良く開口部の正面がこっちを向いて、顔の一部だがシルクベアの姿が見えた。

シルクベアは角度からして寝そべっているようで、その姿勢で口を開けて糸を吐きだしはじめた。

熊が糸を吐くという中々の光景だったが、驚いてる暇はなかった。

今だ！　と思った俺は手をかざして【アイテムボックス】をつかった。

アイテムボックスの「口」はシルクベアの前に現われた。

より正しく言えば、吐き出した糸の前にあった。

異次元の貯蔵庫は、シルクベアの吐き出した糸を飲み込み続けた。

『ほう……なるほど。ほぐすのではない、絡む前に回収すればいいという、逆転の発想か』

俺は小さく頷いた。

目的は変わらず、一歩引いて方法を見つめ直す事。

アメリアの一件で学んだ事が、迅速な解決に繋がり。

『やるなお前』

ラードーンにも、褒めてもらえたのだった。

.270

魔物の街の、ブルーノの邸宅。

邸宅の大広間で俺はブルーノと向き合っている。

ちなみにこの大広間もそうだが、そもそも邸宅そのものからして慎ましやかな感じの作りだ。

スカーレット曰く、あえてそうしているという事だが、俺はそんな必要はないと思っている。

とはいえブルーノに言っても本人はこれでいいと言うだろうから、何も言わないでいた。

それよりも――と。

俺は俺達二人の間の台座に置かれている、丁寧に畳まれたシルクベアの糸を眺めながら言った。

「これくらいあれば足りるかな？」

「おそらくは。私も八十八弦琴は初めてですが、通常の琴であれば二〇〇本近くの弦は作れる程度の量だと思います」

「じゃあ大丈夫かな。足りなければまたとってくればいいし」

俺はシルクベアの事を思い出しながら言った。

この糸の採取法は俺の中で確立している。

足りなくてもさっと出向いてさっととってくればいいと思った。

「それで兄さん、他に必要なものはあるか？」

「あくまで通常の琴という事になりますが――」

「ああ」

「――木、が弦につぐ重要な材料となります」

「木？」

「琴の土台と申しましょうか――誰か」

ブルーノは部屋の外、大広間の外に向かって声をかけた。

すぐさまドアが開いて、一人の使用人が台車をおして入ってきた。

台車の上には琴がある。

弦は七本――という事は。

「一般的な七弦琴、って事か？」

「おっしゃる通りでございます」

「見るのは初めてだな……なるほど、この木製の――台座？　の上に弦を張っていってるのか」

「はい、陛下がおっしゃるこの『台座』の材木が重要だと聞いております」

「見た目からして重要そうなのは分かるけど……どういう理屈なんだろ」

俺はそう言い、問いかけるように視線をブルーノに向けた。

現物を実際に見て、下の台座が大事そうなのは分かる。

このたとえがあっているかどうかは分からないが、なんとなく建物の――一軒家における大黒柱のような存在だと感じた。

だから重要なのは分かる、が、どういう理屈で重要なのかがしりたかった。

場合によっては代替品、あるいは改良もできるかも知れない。

だから聞いた。

「一番はやはり、音の反響が違うと聞いております」

「音の反響？」

「はい、雷斬木が最適との事でございました」

「らいざん……もく？　どういう木なんだ？」

まったく聞き慣れない、というか聞いた事の無い言葉で、俺は首を盛大にかしげて聞き返した。

「特定の品種ではないようです」

「そうなのか？」

「はい。雷斬木――若木の時期に雷が落ちて黒焦げになるも、そのあとしぶとく生き延びて、成長を続けた木の総称との事です」

「雷に打たれて……？　それでも成長するのか？」

「稀にあるとの事です」

「へぇ」

『さして珍しい事ではない』

ラードーンが口を挟んできた。

『焦土と化した土地から何かが芽吹く事はままある。人間はそれを希望の象徴と見なしがちだが、聞いた事はないか？』

「あー……」

俺は何となく納得した。

そういうのはなんか聞いた事がある。

実際に見た事はないが、聞いた事はある。

なるほど、そういう感じで成長してきた木があっているのか。

「なんでそれがいいんだ？」

「雷に打たれる事で木そのものに変質が起きる。その変質が音の反響にとてもいい――との事でございました……」

ブルーノはそう言いながら、困ったような表情で言葉が尻すぼみに消えていった。

「はは、分からないんだな」

「もうしわけございません」

「大丈夫だよ兄さん。たぶん俺が聞いたらもっとちんぷんかんぷんだったと思うから」

「恐れ入ります……」

「だけど、それが一番いいんだな？」

「はい。職人、そして楽士たちが口を揃えてそう話していました」

「だったらそれを手に入れよう。聞いても理解できなかったから、現物そのままもってくる事にする」

「はっ、こちらは探させております。少し時間はかかりますが……」

「むずかしいのか？」

「はい……」

ブルーノはまたまた苦虫をかみつぶしたような顔をする。

「なにぶんトップの職人や楽士がこだわる素材ですので、普段は需要が少なく。かつ、台座になるほどの木は打たれてから一〇年ほどじゃないとサイズ的にはたりません。しかし一〇年もたてば記憶も消えますすし、雷に打たれた見た目も文字通り風化します」

「あー……なるほどな」

ブルーノの説明は分かりやすかった。

「ですが急ぎ探させておりますので、一両日中には必ずや！」

「……」

俺は少し考えた。

ブルーノがそう言うのなら任せてもいいが、何か方法はないかと考える。

すると——。

「じゃあ、作ろう」

「作る？」

「ああ、天然物がなければ人工的に作ればいいじゃないか」

「作る……と申されましても。いったいどうやって……」

「兄さん、苗木を用意してくれ、とりあえず一〇本くらい」

「かしこまりました」

ブルーノの顔には疑問が残ったままだったが、行動には一切躊躇はなかった。

俺が「どうやるんだろう？」と疑問に感じつつも、即座に行動して、苗木を集めるためいったん部屋の外にでた。

☆

一時間もしないうちに、ブルーノの邸宅の庭で、注文通り一〇本の苗木と向き合っていた。

一〇本の苗木は鉢に植えられていて、俺の前に並べられている。

「こちらでよろしいでしょうか」

「うん、まずはテスト。ダメ元だから」

「かしこまりました」

頷きつつも、ブルーノは――。

『これをどうするのだ?』

ラードーンの言葉と同じ顔をしていた。

「まずは――【ライトニング】」

俺は簡単な魔法をつかった。

初級の雷の魔法を苗木におとした。

初級とは言え俺の魔法だから、苗木は瞬く間に黒焦げになった。

いきなりの暴挙とも言える行動だが。

「……」

『ふむ、それから?』

ブルーノもラードーンもまったく驚きはしなかった。

自分で作る、となった以上まずは雷を落とすのは大前提で想像もしてたんだろう、と思った。

「で、これを――【ダストボックス】」

次の魔法を使った、黒焦げになった苗木を放り込んだ。

「それは……はっ」

ブルーノははっとした。ラードーンは『なるほどそうきたか』とつぶやいた。

俺は頷き、説明をする。

「そう、時間を経過する魔法。中はゴミをより腐らせるために常に土と水が入っている。そして一分で一年が経過する——つまり」

俺はそう言って、待った。

とにかく待った。あっという間に一〇分が経過して、【ダストボックス】の中から放り込んだ苗木だったものを取り出した。

一〇本のうち、九本は黒焦げのまま枯れていたが、一本だけ——。

「お、育ってる。これでいいのか？」

ブルーノに聞く。

ブルーノは近づき、ノックをするように中指の関節でコンコンと叩いた。

俺の耳じゃ分からないが。

「さすが陛下でございます！」

満面の笑顔を浮かべるブルーノ。

雷斬木を作る事に成功したんだと、俺は理解したのだった。

.271

宮殿の応接間の中、八十八弦琴のために集めてきた糸と木、その両方を並べて、ブルーノに言った。

「じゃあ、これとシルクベアの糸、両方とも兄さんに預けるよ」

「はい、お任せ下さい。責任を持ってお預かりします。一命に変えましても必ずや最高の職人の元まで届けます」

「命かけるほどの事じゃないけど――ちょっと待って」

俺はそう言い、気負うブルーノにいったん待ったをかけて、魔法を使って呼び出しをかけた。

それからわずか一〇秒、部屋の外からものすごい勢いの足音が大きくなって、近づいてきた。

「これは……?」

「はやいな、呼んで一〇秒もたってないのに」

不思議がるブルーノに、驚く俺。

その直後、ドアがパン！　とめちゃくちゃ乱暴に開け放たれた。

ドアと壁、両方にヒビが入ってしまうほどの勢いとともに現われたのは三幹部のうちの二人、ガイとクリスだった。

「ご主人様呼んだ？」

「それがしにしかできない事とはなんでござろうか！」

普段から「元気」な二人は、いつにもましてさらにハイテンションなまま室内に飛び込んできて、俺にせまった。

俺はなれたもんだが、ブルーノは二人の勢いに明らかに気圧されていた。

「どーどー、まずはおちつけ」

「そうだそうだ、おちつきなさいよ脳筋」

「イノシシ女こそやかましいでござるよ」

「なにおー」

「ガルルル……」

二人は鼻先がくっつくほどの勢いで、面と向かってにらみ合った。

相変わらず仲がいいなあ、と思った。

「話をしてもいいか？」

「あ」

「無論でござる」

俺の一言で二人はにらみ合うのをやめて、こっちを向いた。

「二人に護衛を頼みたい」

「護衛……でござるか？」

「ご主人様のお兄さんの？」

「厳密にはそこにあるものをな」

俺はそう言い、ブルーノの側に置かれている糸と木を差した。

「あれを兄さんが職人さんのところに運んでいって、加工してもって返る――で、いいんだよな兄さん」

言いかけて、そこは確認してなかったという事を思い出して、ブルーノに水を向けた。

「そのとおりでございます」

「うん。というわけで、護衛をお願いしたい」

「あたしとこいつが一緒に行くの？」

「仲間も必要なだけ連れってっていい」

俺はクリスの疑問に答えてやった。

「大丈夫だよご主人様、あたし達だけで充分、脳筋とその部下とかいらないって」

「いや――」

「イノシシ女は思慮が浅いでござるな」

「なんですって⁉」

「主がわざわざそれがしら二人、しかも仲間たちも連れていくだけ連れていく、それの意味をもっとよく考えるでござる」

「え？　それだけ大事なものなの？」

クリスはこっちを向いた。

俺ははっきりと頷いた。

「ああ」

「分かった！　絶対にまもる」

「不心得者には指一本触れさせないでござる」

「たのんだ。兄さんもよろしく」

「お任せ下さい。ガイさんとクリスさんがいるのは心強いです」

俺は頷き、彼らを送り出した。

そこまでする必要もないし、シルクベアの糸も雷斬木もその気になれば追加で調達できるけど、余計な回り道をしないですむようにガイとクリスをつけた。

ガイとクリス、そしてギガースと人狼たち。

これだけつければ護衛は万全だろうと思う。

さて……次は。

☆

宮殿を出て、アメリアが宿泊している迎賓館にやってきた。

迎賓館に入って、メイドに頼んで、アメリアと応接間で顔を合わせた。

俺は材料をそろえて、ブルーノに製作を発注した事を告げた。

「という事ですので、そう遠くないうちにできると思います」

「ありがとうございます。リアム様のお手を煩わせて……なんとお礼を申し上げれば」

「いえいえ！　こっちが好きでやってるんですから」

俺は慌てて手をふってそう言った。

最高の楽器を作るのは本当に俺の自己満足に過ぎない。

むしろそれに付き合ってくれているアメリアに申し訳ないやら感謝やらだ。

「それでも……ありがとうございます」

「あ、うん……えっとその……」

俺は少し考えて、話を逸らすようにきりだした。

「他になんかありませんか？」

「他に、ですか？」

「はい。アメリアさんの最高の歌を聴きたいです。そのためには他に何かできる事はありませんか？」

「……」

言ったあと、アメリアは無言で俺をじっと見つめてきた。

まっすぐに、じっと俺を見つめた。

「か、顔に何かついてますか？」

俺は慌てて、自分の頬をべたべた触ってみた。何かついている様子はない。

「すごく失礼だとは思いますが」

「失礼な事は何もないです！　なんですか？　俺にできる事ならなんでもします！」

「リアム様のお側にいさせてもらえれば」

「俺の側……？」

「はい。丸一日、お側にいさせてもらえれば。私の事は気にしなくてもかまいません、いないもの、空気のようなものと思って頂ければ」

「どうしてそれを？」

「もうしわけございません」

アメリアは静々と頭をさげた。

「事前に話すと効果が薄れてしまいます。演奏が終わった後にご説明します」

「分かった」

そういう事ならば、と、俺は首をたてにふって、アメリアの要望を受け入れた。

なんでもするつもりでいる。これより一〇〇倍、いや一〇〇〇〇倍難しい事だったとしても普通に受け入れる。

丸一日一緒にいさせろ——なんて、簡単すぎて逆に「そんなのでいいの？」と不安になるくらいだ。

だが、アメリアの事だ。

ラードーンがいつもアドバイスする事と同じように、俺は魔法の事以外はてんでからっきしだ。

最高の演奏をするためにアメリアがする事なんて想像つくはずもない。

だから俺はすべて任せて、言う事をすべて受け入れる事にした。

後日、アメリアから種明かしされたときはめちゃくちゃびっくりして、終わった後なのに大慌てしてしまうのだった。

.272

暮れなずむ頃、街が茜色に染まる中、迎賓館の前でリアムとアメリアが向き合っていた。

「それじゃ、お休みなさい」

「お休みなさいませ、リアム様」

アメリアが嫋《たお》やかに一礼すると、リアムは未だに慣れていない様子で、やや焦りながら返礼してから、身を翻して立ち去った。

アメリアは立ちつくしたまま、リアムの後ろ姿をじっと見守った。

アメリアと別れたリアムの側に、今まで遠慮していたのが丸分かりなくらい、魔物達が即座に集まってきた。

ぬいぐるみのように可愛らしいスライムがピョンピョン跳ね回りながらリアムに懐き、毛虫のお化けのようなフェアリーフロスがまわりをわらわらしている。

それ以外にも多種多様な魔物達が集まってきては、リアムに懐いたりしている。

アメリアはその光景をじっと見つめていた。

それは彼女が前もって聞かされていた「魔王」とはかけ離れた姿だった。

リアムに懐いている者達はモンスター、魔物である。

その国の王なのだから魔王という事で間違いではないだろう。

しかしアメリアの目には、魔物と魔王ではなく、たくさんの動物に慕われている牧場長——のような姿に見えた。

それはとても好ましく思える光景で、それと合わせて、アメリアは今日一日、ずっと一緒にいたリアムの行動を脳裏に思い起こす。

そうして、彼女は作っていった——。

「ねえ、ちょっといい?」

「え?」

背後から声をかけられた。

驚いたアメリアは、リアムから視線をはずし、くるりと身を翻した。

まるでいまそこから出てきたかのように、一人の幼げな少女が迎賓館の正門前にたっていた。

腰に手を当てた尊大な態度をしているが、不思議とそれに嫌みを感じさせず、むしろナチュラルで似合っている。

そう思わせる雰囲気をアメリアは感じた。

「あなたは……」

「デュポーンよ」

「デュポーン…………様?」

アメリアは名乗られた名前を頭の中で探した。

少し時間はかかったが、それが無理矢理連れてこられたとき、前情報としてパルタ公国の人間に教えられた名前の一つと繋がった。

神竜・デュポーン。

伝説の三竜戦争の張本人の一角で、生きる伝説とも言うべき存在だ。

その名前は聞かされていた、最重要人物だとも言われた。

それでも一致するまでに時間がかかったのは、ひとえに目の前の彼女が群を抜く美少女だったからだ。

仕事柄貴族と接するアメリアであっても、ほとんど見る事のないほどの美少女。

一般的には貴族の家の方が美形が生まれやすい。

それは財力と権力をもった貴族の方が、美しい女を見初めて、結果的に美形の血を一族に取り入れていくからだ。

その貴族を多く見てきたアメリアであっても、デュポーンの美しさは際立って見えた。

こんな綺麗な子が神竜……?　とアメリアが密かに戸惑っていると、デュポーンがやや唇を尖らせながら言ってきた。

「ダーリンを狙ってるの?」

「だー……りん?」

「ダーリンはダーリンよ」

デュポーンはそう言い、視線をアメリアの背後に向けた。

その視線を追いかけて、アメリアは首だけ背後を向いた。

その先には徐々に小さくなって、遠ざかっていくリアムの後ろ姿があった。

そこでもやっぱり理解が遅れたのは、まだデュポーンが「神竜」だという意識が強いから。

が、何しろ態度があからさまだから、アメリアは程なくして理解した。

「リアム様の事を好いてらっしゃるのですか？」

「当然でしょう？　ダーリンってめちゃくちゃかっこいいもん」

「そうでしたか」

「で、あんた。ダーリンの事狙ってるの？」

デュポーンは改めてそう言った。さっきと同じ言葉を繰り返した。

さっきは理解できなかった言葉を今完全に理解したアメリア。

彼女は少し複雑そうな表情をした。

「どうなのさ？」

「狙ってはいません」

「うそ」

デュポーンは即答した。

「どう見てもあんた、ダーリンの事好きになってるじゃん」

と、更に指摘した。

それはごまかしは一切受付けないという、きっぱりとした口調だった。

アメリアは驚いた、そして感心した。

神竜というのは、人間の感情の機微にまで聡い生物だったのかと感心した。

そんな気持ちをかかえたまま、アメリアは静かに答えた。

「おっしゃる通り、好きになりました」

「ほらやっぱり」

「ですが、それは仕事のためです」

「なんですって？」

デュポーンの目尻がつり上がった。

登場した瞬間から不機嫌そうな表情でアメリアを糾弾するほどの勢いで詰めていたのが、そのアメリアの答えで一段と不機嫌になった。

殺気すら放つその目に、アメリアは背筋が凍るような思いになった。

「なんなのそれ？　納得できない答えなら殺すよ」

「……」

アメリアは答えなかった。

一度目を閉じ、自分の胸にできた思いを確認した。

そうしてから、デュポーンを真っ向から見つめ返して、答える。

「私はいつもこうしています」

「いつも？　どういう意味なのよ」

「仕事柄、『この人のために歌う』という事がよくあります」

「で？」

「そういう時は、相手の事を思い人だと思うようにしています」

「……どういう事？」

「その都度相手に恋をして、その気持ちを歌に乗せる――ようにしています」

「…………なんでいちいちそんな事をしているの？」

「そのやり方しかできませんので」

「…………」

デュポーンはじっとアメリアを見つめた。

アメリアはもうたじろぐ事はなかった。

デュポーンという存在は今でも少し怖いが、やり取りの中である事が分かった。

アメリアはリアムに同行する事を求めた。

それはリアムに密着する事で、リアムに恋しようとしたのだ。

それは彼女がいつもしている事だ。

舞台などでラブロマンスを演技する役者が、舞台上では相手の事に恋をするのと同じやり方だった。

リアムにもそうした。

彼女はリアムに感謝していた。

リアムの求めに応じ、自分ができる事、最高の歌を聴かせようとした。

だから本気でリアムに恋しようとした。

ステージに上がり、歌い終えるまでリアムに恋する。

それがアメリアの本気だ。

そして今、リアムに恋しているから分かる。

デュポーンのそれは嫉妬《しっと》だ。

女同士が一人の男を巡る嫉妬。

そう考えた瞬間恐怖はほとんど消え去って、目の前の少女と対等に張り合える勇気がアメリアの胸の中に宿った。

——が。

「うそじゃん」

「え？」

「本気でダーリンの事好きになりかけてるじゃん」

「…………え？」

その事を指摘されて、アメリアは驚いた。

何を言うのかと理解できなかった。

「あたしの事世間知らずのがきんちょだと思ってない？　悪いけど、本気で思ってもないヤツに突っかかるほど暇じゃないからね」

「…………」

デュポーンの言い分は理解した。

しかしアメリアは目を見開き、動きも思考も止まったままだ。

デュポーンの指摘――本気で好きになりかけてる。

アメリアに自覚はなかった――今の今まで。

しかし指摘された事で、それに気づいてしまう。

そんな事態に陥ってしまうのだった。

.273

昼下がり、宮殿の応接間の中。

俺はブルーノを呼び出して、二人っきりで向き合っている。

いつものように詰め物たっぷりのソファーに座って、テーブルを挟んで向き合う。

この高級なソファーもテーブルも、というかこの街の「贅沢品」は全てブルーノに調達してもらってるよなあ、と頭の隅っこでちょっと思った。

そう思いながら向き合っていると、ブルーノから切り出してきた。

「本日はどのような御用向きで？」

「実は会場の事で、兄さんのアドバイスがほしいんだ」

「会場……ですか」

「ああ」

俺は頷き、まっすぐブルーノを見つめた。

多分だけど、すがるような目をしているかもしれなかった。

「ラードーンにも聞いてみたんだけど、まったく知らない分野だと言われたから」

「神竜様にも知らない事がわたくしなんかが――」

「ああいや。逆に人間の娯楽に関する事は分からないって言うんだ」

「――娯楽、ですか」

言葉の途中を遮るように言ってやると、ブルーノはへりくだるのをやめて、俺を見つめ、次の言葉を待った。

「アメリアの演奏会。この街のみんなに聴いてほしい。そうなると当然、みんなが集まる会場が必要になるよな？　家の中で聴いてもらうのはおかしいし、宮殿前の広場もみんなが入るほど広くはない」

「おっしゃる通りでございます」

「で、ためしに作ろうとしたんだ――でも」

俺は【アイテムボックス】から拳大の岩を取り出した。

それを【スライサー】の魔法で薄い板状に切って、それをブルーノとの間のテーブルの上に並べる。

正方形の石の板、それを五かける五の、二五枚の大きな正方形をならべた。

「街の外の開けた場所に作ろうとしたんだ、でも舞台とか会場とか、そういうの作った事なくて、こんな感じの板を並べたものしかできなかった。ああ、もちろんこれより遙かに大きかったけど」

俺は苦笑いしながらそう言った。

岩から切り出した石の板なのは同じだが、これよりも遙かに一枚一枚大きいものを、二〇かける二〇の四〇〇枚を作って、ならべた。

しかしそれはただの「広いスペース」にしかならなかった。

一応「舞台」に見えなくもないけど。

「自分でも分かる、これはアメリアさんの舞台に相応しくないって」

「そうでしたか」

「それでラードーンにも聞いてみたけど、人間が娯楽で建てるための建物の事は何も知らん、と言われたんだ」

「あぁ……それはそれは……」

ブルーノは返事に困っていたようだから、俺が言い切ってやった。

「神竜の意外な弱点だったな、まあ説明されればむしろ当然ってなもんだが」

「そうで……ございますな」

「で、こうなったら専門家に聞いてみるかって事になって。兄さんはそういう専門家の事を知らないか？　って思ったんだ」

「そういう事でしたら、僭越ながら自分が少々」

「分かるのか？」

「はい」

ブルーノは小さく、しかしはっきりと頷いた。

「ハミルトンの家にいたころは跡を継ぐ事はありえませんでしたので、芸事に精を出しておりました」

「そうなのか？」

なんでまた――と思っていたら、ラードーンがさくっと答えてくれた。

『趣味に没頭する事で跡目争いに興味は無いぞというアピールだ。処世術だな』

なるほど、と思った。

それを納得しつつ、ブルーノが続けた話にも耳を傾けた。

「その時におぼえた事ですが、演奏用の建物の構造は大きく分けて二パターンございます」

「どんなのだ？」

「音の反響がよいものと、まったくしないもの」

「……なるほど？」

言いたい事は分かる。

音に関して両極端の作りだという話だから、目的に応じて反響のありなしを使い分けるという話なんだろうなというのが分かる。

「どっちがどういいんだ？」

「音楽や歌の種類によります。一番大きな違いは『余韻』です」

「余韻」

すぐにはピンと来なくて、おうむ返しでつぶやいた。

「余韻でございます。反響がよいと入っても、当然徐々に音が小さくなっていきます。したがって余韻が大事な音楽の場合は反響がよい建物が向いています」

「なるほど」

「演奏ではありませんが、演劇の場合は反響が少ない方がよいともされています。音は常に前方だけから来るからです。反響がよすぎては前で演技をされているのに後ろからも声が聞こえるという落ち着かない状況にもなります」

「へぇ……すごいな兄さん、詳しいな」

「恐れ入ります」

俺は少し考えた。

かつて聴いた演奏、そしてここ最近試しに聴かせてもらった演奏。

俺が好きになったアメリアの演奏は――。

「余韻が素晴らしかった。それをみんなにも聴いてほしい」

「であれば反響のよい作りがよろしいかと」

「うん。そういう建設に詳しい人知ってる？　兄さん……はさすがに建築までは無理だよな」

「おっしゃる通りでございます。腕のいい職人集団を知っていますので、すぐに呼び寄せます」

「うん」

これで話はまた一つ進んだ。

一〇〇〇〇人の魔物が全員入るとなると結構な工事になるが、アメリアの歌を最高の形でみんなに聴いてほしいから、それくらいはたいした事じゃない。

建築のノウハウはまったくないけど、建物を建てるのって純粋な労働力がいる場面が多い。

その辺りを俺の魔法でフォローすれば色々とかなり短縮できるはずだ。

また一つ進んだ、最高の演奏会までまた一歩進められた。

.274

パルタ公国領、トリスタンの屋敷。

会議の間で、トリスタンとスカーレットがテーブルを挟んで向き合っていた。

連日の心労が祟ってか、トリスタンは大公とよばれ敬われていた頃の威厳は見る影もなく、眼窩《がんか》が窪み、頬はこけ、すっかりとやつれきっていた。

しつらえのいいチェアに腰を下ろしているものの、そのイスがなければ今でも崩れ落ちてしまいそうなくらい、姿勢そのものに力がなかった。

その背後にひかえる部下たちも程度の差はあれど、ほとんどがトリスタンと似たような有様だった。

一方のスカーレットは見るからに余裕があった。

トリスタンとは対照的に背筋をピンと伸ばしてすわっていて、目に力強い光をたたえて、口元をきりっと引き結んでいる。

トリスタンとは違い、ジャミール王女だった彼女は容姿と雰囲気、両方を維持させたままだった。

そんな二人が向き合って、スカーレットが先に口を開いた。

「本日こそは色よい返事をいただきたいものですね」

「ど、どうか、もう少しだけ条件を緩めていただけないだろうか」

「……」

トリスタンが必死に訴え、スカーレットが冷ややかな目で見る、そして同席したトリスタンの部下たちがハラハラした様子でそれを見守る。

ここしばらくの間延々と繰り返されてきた光景だ。

「このままでは公国領が、民が生きていけない」

「民の事は気の毒だと思っている」

「では――」

「無能な領主の巻き添えになってしまったのは不運としか言いようが無い」

「――なっ」

一瞬、目に希望の光が宿ったトリスタンだが、それは文字通りほんの一瞬で、スカーレットの続く言葉に跡形もなく蹴散らされてしまった。

「大公はいくつか勘違いしておられる」

「勘違い？」

「我が国はそちらが規定した魔物の国だ。魔物に人間の民をいたわれと懇願して聞き入れられるとお思いか？」

「し、しかしあなたは――」

「私の事を『魔物に魂を売った女』と陰で言っていたのを存じ上げないとでも？」

「なっ！　なぜそれを――」

トリスタンが驚愕《きょうがく》する、背後にいる部下たちも動揺した。

スカーレットは取り澄ました顔で、それ以上何も言わなかった。

何も言わないかわりに、薄ら笑いでじっとトリスタンを見つめた。

彼女は実際何も知らない。今の話はただのカマカケだ。

しかし彼女は聡い。そして人間の――特に貴族や権力を持った人間の思考パターンを知悉《ちしつ》している。

裏で誰かが「魔物に魂を売った女」というような陰口を叩いた事があるのは間違いないと思っている。

だから彼女は確信をもってカマをかけた、そしてそれは大当たりだった。

トリスタン側に動揺が走った。

交渉の責任者に対する陰口が露見したと思って、全員が狼狽《ろうばい》しだした。

そんな中、一番最初に動揺し、激しく狼狽したトリスタンは、何を思ったのか奥歯をかみしめスカーレットを睨みつけた。

「いい加減にしたまえよ。こちらにも我慢の限界というものがある」

「あら？」

スカーレットは薄ら笑いを張り付かせたまま、何やら楽しげな、と見える表情でトリスタンを見つめ返す。

「我慢の限界だったらなんだというのでしょう？」

「決裂にきまっているだろ！　あの時は油断したが今度はそうはいかない！」

「ト、トリスタン様⁉」

テーブルを叩いて立ち上がるトリスタンに、部下たちが慌ててなだめようとした。

「もう一度開戦する様な事になれば貴女の責任問題にもなるぞ！　それでいいのか⁉」

「大公はいくつか勘違いしておられる、そう申し上げました」

命乞いから一変、今度は恫喝《どうかつ》を始めたトリスタンだが、スカーレットはまるで怯える様子はなかった。

「何⁉」

「妾《わらわ》は開戦――いや、再戦派なのですよ」

「……え？」

「主や神竜様は何かお考えがあって、慈悲をかけようとしておられる。しかし妾はそこまで慈悲深くはない。主をコケにしたものは根絶やしにしたいと考えている」

「ね、だ……」

「な、何もそこまで」

絶句するトリスタン。

部下の一人が代わりにスカーレットをなだめようとした。

「それほどおかしな事は言っていないつもりだ。自分に対する無礼は笑って許せても、敬愛するものへの無礼は何があろうとも許せない。理解は難しいかな？」

「むっ……」

口を挟んだ部下が絶句した。

今や魔物側に立ったと公言するスカーレットだが、彼女が口にしたその考え方は実に人間的な考え方だ。

自分への無礼は許せる、しかし尊敬したり愛する人間への無礼は許せない。

そう思う人間は決して少数派ではない。

そう話したスカーレットは、自分の言葉が相手を飲み込んだのを見て、更にたたみかけた。

「妾は主をコケにした人間を根絶やしにしたいと考えている」

「……」

「だが主の命令は絶対だ」

「……」

「とはいえ人間には失敗はつきもの」

「……」

「失敗をすれば挽回も必要となる」

「……」

「大公の方から是非交渉を白紙に戻していただきたい。そうすれば妾は挽回のため、大手を振ってこの国の人間を根絶やしにできる」

「……しょ、正気か？」

「大公はいくつか勘違いしておられる」

スカーレットは三度同じ言葉を繰り返して、最後にトドメと言わんばかりににやりと口角をゆがめる。

「妾は――魔物に魂を売った女、なのだよ」

スカーレットの言葉がトドメとなった。

その場にいる全員がスカーレットの作り出した雰囲気に飲まれて、諦めざるをえない気分にさせられた。

この三日後に、トリスタン公国は魔国リアム＝ラードーンに対して全面的に降伏をもうしいれるのであった。

.275

街のすぐ外に建築を始めた建物の中に俺はいた。

ブルーノが連れてきた職人を中心に、力仕事はギガースら、繊細な作業はノーブルバンパイアら、他の特殊な作業はその都度特性を持った魔物達らが分担し、アメリアのための会場は急ピッチで仕上がっていった。

そんな建造中の建物の中で、俺は様々な位置からステージを確認した。

本番の事を想像して、何か問題が起きそうならそれを前もってつぶしたい。

そのためにいろいろ見て回って、思考を巡らせた。

それをラードーンも協力してくれた。

『本番には一〇〇〇〇を超す魔物たちが入ってくるのだな?』

「ああ、みんなに聞いてもらうつもりだ」

『国のまもりはどうするのだ?』

「俺がやる。契約召喚で呼び出した俺を国境近くにいさせる」

『分身の方をか』

「ああ、こっちの方も当日予想しきれなかった何かがおきるかもしれないからな」

『ふふっ、そうか』

ラードーンは楽しそうに笑った。

付き合いが長くなってきて、何となく分かってきた事がある。

ラードーンの笑い方は何種類かあって、今のは「他の何かの要素で楽しんでいる」場合の笑い方だ。

「何かあるのか？」

『あの魔法の出来は悪くないが、分身体はオリジナルほどの力はない』

「ああ、持続力が特に問題かな。それ込みなら総合力は術者の六割ってところだろうな。…………」

『ふふっ、改良でもしたくなったか』

「ああ。だけどいくつか方法が頭に浮かんだけどどれも時間がかかりそうだ……『出来のいい魔法』から更に詰めるのは時間がかかるんだよな」

一から作り直した方がいいのかもしれない、そんな事を思っているとラードーンが真剣なトーンで言ってきた。

『人間の画家が言っていた事を思い出したよ』

「画家？」

なんで今画家の話なのか？　と不思議だったが次の言葉で納得した。

『うむ七〇点の作品は一の労力でできるとすると、そこから八〇点にしあげていくには追加で一〇の労力がいるし、さらに九〇点までもっていくには追加で一〇〇の労力がいる』

「ふむ」

『九五点ともなれば一〇〇〇の労力をつぎこんでも行けるかどうかは分からなくなるし、九九点は一〇〇〇〇の労力をつぎ込んでもほとんど辿りつけない』

「あぁ……」

うめきにも似た同意の言葉が口から漏れた。

何となくその感覚が分かる気がする。

「……その感覚だと、一〇〇点は全くの運任せだな」

『ふふっ。まったく同じ事を言う。そうだ、一の労力でできる事もあれば、後には引けず、一生涯かけて数百数千万の労力をかけてようやくできる事もある』

「分かる気がする」

『巨匠どもと同じ事を言う』

「巨匠？」

の話だったのか、とちょっと驚いた。

「……っていうか、その話じゃなかったよな」

『うむ、脱線がすぎたな。国境の防衛、人間どもの相手は六割程度の力で事足りる。それよりも演奏会の方に全力が必要になる――というお前の感覚が面白かったのだ』

「それはそうだ。だってアメリアさんの演奏だから」

『ふふっ、そうだな』

その事の何が面白いのか今一つ分からなかったが、言葉で説明されてもまだ理解できないって事は、そもそも俺には理解できないような話なんだろうと思って、だったら忘れる事にした。

俺は気を取り直して、工事中の会場内を見回した。

「……」

ふと、何かが気になって、上を見た。

まだ骨組みの途中だが、徐々に天井ができつつある。

その骨組み段階の天井から差込まれる光が減って、半室内ともいえる会場は影ができている。

それである光景が頭に浮かんだ。

俺はまっすぐステージに向かっていった。

会場の中央になって、三六〇度客席を見渡せる作りのステージ。

それは一番最初に作られて、細かい仕上げは残っているが九割方完成している状態だ。

そこにあがった俺は【アイテムボックス】を唱えた。

アイテムボックスの中に手を入れて――。

「これでいっか」

と、数本の木の棒を取り出した。

木の棒を自分の前に立ててから、【ライト】の魔法を唱える。

前方に光が発せられ、俺を照らした。

俺の体に、木の棒の影が落ちた。

「……最悪だな」

『ふむ？』

「琴でアメリアさんの体に影ができる。想像してなくてうかつだった」

『ふむ、たしかに見栄えはよろしくないな』

「できれば避けたいな」

『全方位から光をあてて影を打ち消せばよかろう』

「そうだな――【ライト】一一連」

多重同時詠唱で周囲に光を照らす魔法を放った。

するとラードーンのアドバイス通り、全周囲から光が照らされる事で影は消えた――のだが。

「これじゃまぶしくなる。アメリアさんに変な負担をかけるのはだめだ」

『ならどうする？』

「……アメリア、エミリア、クラウディア」

『む？　数をふやすのか？』

俺は答える代わりに実際に魔法を使った。

「【ライト】――一〇一連！」

ライトの魔法を放った。

本来の明るさの一〇〇分の一くらいのものにして、そのかわりに一〇一連にして、周囲に満遍なくはなった。

弱く調整した魔法だが、一〇一連同時のため前詠唱をつかった。

めちゃくちゃ弱いあかりも、一〇一も集まればそこそこに明るくなる。

何よりも、一〇一連になったおかげで、「一〇一方向」から放たれた光で影ができなくなった。

『ほう、上手いな』

「……これ一つの魔法にまとめる」

【ライト】一〇一連だと前詠唱がいるが、何かの魔法一つに練り上げ、完成させれば普通に使える。

一〇一――いや無数の微弱な光を放つ魔法を頭の中で改めてイメージしていった。

.276

息を大きく吸い込む。

目的ができた、それなりのハードルの先にある目的だ。

意識を集中させると、まわりが何も見えなくなった。

まずは「感覚」を掴むために、【エンジェルスフェザー】を唱えた。

背中に純白の、鳥のような翼が四枚現われた。

両手をまっすぐ広げた時の倍近い大きさの翼で、純白という事もあって見栄えはとてもよかった。

鳥の二枚とは一線を画すような四枚羽は、やはり見栄えはいいなと改めて思った。

が、それだけの魔法だ。

魔法の効果として一応飛行能力はあるが、純粋な飛行魔法に比べて飛行能力は劣っている。

天使の翼をモチーフにしているだけあって見栄えは最高だったけど、見栄えをそれほど重要視しない俺はほとんどこの魔法を使った事はなかった。

久々につかったのは、確認のためだ。

一対の翼——四枚の翼。

必要性と必然性があれば、一つの魔法で二つ以上の何かを作り出す事は決して珍しい話じゃない。

魔法を解いて、翼を消した。

全魔力を集中して、光を複数作るイメージをする。

たまに見る、空気の中で舞っている細かいホコリ、それの更に細かくしたイメージ。

その細かさの光の粒子をイメージした。

まずは——一つ。

一つは簡単にできた。

作り出された光は、夏の夜の風物詩の蛍を連想させるような、しかしそれよりも遥かに小さくボワッとした光だった。

それを一度の魔法で、四つ作り出す事をイメージする。

まずは二つだ。

多重詠唱の法則では、四つ同時発動はできない。

だけど天使の翼のように、鳥との差別化を図るため四枚羽を一つの魔法にまとめる事ができる。

だから俺は光を四つ作って、まとめるイメージをした。

「む……」

それは難しかった。

しかし魔法を作る最初の段階が難しいのはいつもの事だ。

俺は無理ないレベルでの多重詠唱、三一連くらいで留めて、同時に四つをまとめるイメージで魔法を作った。

三一連を数十回――チャレンジが一〇〇〇回を超えたくらいで魔法が完成した。

それを唱えると、無事、一度の魔法で四つの光を作り出す事に成功した。

当然これが最終形などではない。

四つでいいのなら一つを五連の多重詠唱すればいいだけの話だ。

俺はイメージした、空気中に舞うホコリのような、数え切れない数の光を一つの魔法で出せる事を目標にしている。

だから完成したら、次は改良を始めた。

少しずつ、一回で出せる光をふやしていく。

一つずつ、一つずつふやしていく。

四から五、五から六へ。

それにともなって、失敗からチャレンジのやり直しの回数が増えていった。

弱い魔法で必要魔力が微弱だからその点は問題なかったが、数が増えるごとに上手くいかなくなって、チャレンジ回数が爆増していくのに心が折れそうになった。

四つの時は一〇〇〇回くらいでどうにかなったのが、五つの時は三〇〇〇、六つの時で一〇〇〇〇を超えた。

七つ一緒は合計二〇〇〇〇回超えてもまだ上手くいかなかった。

さすがにちょっと心が折れる。

何か間違っているのではないかと疑うようになった。

それで集中力が切れかかったのか、まわりの景色が少しだけ目に入った、意識に入ってきた。

天井が徐々にできあがっていく会場。

まだ塞《ふさ》いでいない穴から降り注がれる日差しの所はまぶしかったが、光が当たっていないところはだからといって暗闇ではなかった。

「……ん？」

それが不意に引っかかった。

日差しが直接当たっていない、しかも室内で他の照明も今の所ない。

なのにそこそこ明るいのはどういう事だ？

そういえば普段からそうだ。

例えばくもりの日、日差しが直接当たっていないのにさほど暗いというわけではない。

もちろん、光源は日差しだ、それは分かり切っている。

分かり切っているけど、直接当たっていないのに、全てが等しく薄暗いのは何でだ？

「……待て、等しく?」

思考の中にあるその言葉が引っかかった。

等しく薄暗い——等しく。

その言葉を掘り下げていくと、新しいゴールが見えた。

それを言葉にしようと頭の中を整理する。

しばらくして、言葉になった。

俺がほしかったのは「めちゃくちゃ明るいくもりの日」だ。

くもりの日は影がない。

いやうっすらとはあるが、無視できるレベルでほとんどない。

「めちゃくちゃ明るいくもりの日」なら皆がアメリアの姿がよく見えるし、楽器だけじゃなくその他いかなる影も邪魔になる事はない。

問題は日差しがないのになんで明るいのだろう。

一生懸命考えたが、よく分からなかった。

そこで発想を反転させる事にした。

最近覚えたやりかた、発想の逆転。

日差しがないのに明るいのはなぜか、日差しがあるのに暗い状況があれば、それとの比較で何かが分かるだろう。

それを考えた。

日差しがあるのに暗い、そんなものあるはずが――。

「――あるぞ？」

思わず言葉が口をついて出た。

日差しがあるのに暗い、そんなあり得ない状況に心当たりがあった。

心当たりと言うよりは、実際に見ている。

それがすぐに出てこなかった。

だから必死に頭の中をさぐった。

何で見た？　どこで見た？

いろいろ考える。

連想ゲームで記憶が芋づる式にでてこないかとあれこれやってみた。

日差し……明るい……熱い――熱い⁉

熱い、というところで更に引っかかりを覚えた。

今度は一瞬でそこを通り過ぎた。

俺ははっとして、パッと上を見た。

完成前の、穴があいている天井。

飛行魔法でまっすぐ飛び上がった。

天井から飛び出しても、構わず更に上昇を続けた。

上昇を続けて、どんどんと魔力が必要なくなって、魔法無しでも「浮かんで」いられる高さを超えて。

再びやってきたそこは、少し前にアオアリ玉を置いてきた場所だ。

地面に引っ張られる力が完全になくなるほどの高さ、そこには日差しがあった。

太陽が見えて、その光が自分を照らしている。手をかざすと自分の体に影ができるのだから、光は確かにあった。

だが、まわりは暗い。

日差しがあるのに暗い、くもりの日とは真逆の状況だ。

そこと地上の違いも、前に感じていた。

「空気が……薄い、から?」

つぶやくと、理由が分かったような気がした。

.277

「もしや」が分かればやりようがある。

俺は来た時以上の速さで地上にとんぼ返りした。

ある程度の地上、まわりが明るく見えてくるくらいの高さでいったんとまった。

「【アイテムボックス】」

魔法を唱えて、アイテムボックスの中に空気を詰め込んだ。

普段はやらない事だが、空気はそこら中にある。

詰めるだけ詰めて、空の上に戻る。

まわりが暗くなって、息苦しくなってきた高さに戻ってきた。

多少の息苦しさなんてなんのその、くらいのテンションで【アイテムボックス】を再び出して、詰め込んできた空気を出した。

かなりの風切り音とともに、空気がアイテムボックスから解き放たれる。

一瞬、失敗かと思った。

空気の薄い所で一気に放出すると、空気はものすごい勢いでまわりに拡散されていった。

が、すぐに大丈夫だと思った。

拡散するよりも早く、アイテムボックスから空気が続けて流れ出たのだ。

まわりが一時的に空気が濃くなった結果――明るくなった。

「空気だったのか……」

ちょっとだけ感動した、感動がそのまま言葉になった。

そうなると、次は「空気がどういう風に作用してるんだ？」という疑問が生じる。

ふと、室内にいた時に見えた、発想の起点になった「空間を舞うホコリ」の事を思い出した。

空気の中に存在するそういうものが影響してるんじゃないかって思った。

「……【スモール】」

少し考えて、自分に魔法をかけて小さくした。

小さくなって、ホコリとかそういう「小さいもの」がどういう風になっているのかを確認する。

小さく、小さく。

【スモール】をかけ続けて、とにかく自分を小さくする。

加速度的に小さくなっていく自分の体、それにともなっていろいろ見え方が違ってくる。

そうやってどんどんどんどん、どんどんどんどんどんどん——と小さくなっていく。

放出した空気の中に混ざっていたホコリの一粒が、自分の体よりも大きくなってくると、まわりの見え方が別世界かってくらいまったく違った。

それまではまわりが透明に見えていたのが、ホコリよりも小さい何かに充満していた。

それはまるで、霧の中にいるかのような感じになった。

ホコリよりも細かい何かの霧、普段は見えない何かの霧。

それはよく見ると、淡く光っていた。

更に小さくなってよく見えると、細かい何かが一粒一粒、光を反射しているのが分かった。

それが無数にある、無数の何かが光をちょっとずつ反射している。

一度大きくなった。

【スモール】の魔法を解除して、元の大きさに戻った。

見え方ももどった。

空気が広まりきっていないそこは、離れて空気のないところに比べて明るかった。

「なるほど……空気の中にある細かい何かが光を反射した結果、か？」

そんな事があるのか？　と一瞬思ったが、あった。

そもそも光は反射するのは鏡だけじゃない。

もっといえば、「鏡っぽい」ものだけじゃないのだ。

昔すんでいた村は、冬になると結構な雪が積もる。

雪が積もった晴れの日は普通の晴れの日よりも遙かにまぶしい事を思い出した。

雪が反射しているのだ。

真っ白で、「反射」とは縁が遠そうな白い雪でも、光をめちゃくちゃ反射する。

それで考えたら、空気の中にいるめちゃくちゃ細かい何かが、無数に弱く光を反射したから明るくなった、というのは納得のいく話だ。

だったら反射の強いものをたくさん――いや。

考え方を変えた。

自覚はあった、ゴールは近いだろうと。

ゴールが近いかもしれないという確信が、俺の頭を更に速く回転させた。

今までは「細かいのをたくさん作る」という発想でやってた、それがすごく難しかった。

だけど、空気中に「何か」が大量に存在しているのなら、それを増幅するという方向性でやればよかった。

大量に何かを作るより、大量に何かあるものに影響を与える魔法の方が遙かに簡単だった。

つまりは範囲魔法という事だ。

俺はゆっくりと下降した。

飛行魔法を解いて、ゆっくりと下降していく。

アオアリ玉を持ってきた理由は地上の吸い寄せる力が弱いから。

それもあって、最初はゆっくりと、それが徐々に速くなって、というペースで「落ちて」いった。

その間、考えた。

新しい魔法の事を考えた。

今度は簡単だった、範囲にわたって特徴を強化する魔法だから、簡単だった。

途中で止まる事なく、一直線に地上へ、天井の穴からそのまま建設中の会場の中にもどった。

床にしっかりと足をつけて立った後、手をかざす。

「【リフレクトランス】、三一連」

降りてくる途中に考えた魔法を形にする、簡単な形だから三一連であっさり完成した。

魔法の光が魔法陣とともに拡散して、まわりの空間――室内の空間に影響を与える。

次の瞬間、室内がぱあと明るくなった。

直接の光ではない、影とかはできていない。

天井から差込まれた光が、空気中の細かい何かに反射されていたのが、その反射が強くなった事で室内全体が明るくなったのだ。

「……よしっ！」

俺はガッツポーズした。

目指した形とは違ったけど、ほしかった結果が得られたというのは大成功だから、思いっきりガッツポーズしたのだった。

.278

「……ふぅ」

やりたい事、そのための魔法を完成させて、俺はホッと一息ついた。

空に地上にと、高速で飛び回ったからか、額に汗がにじんでいた。

そんな汗を手の甲で拭った所で。

「こちらをどうぞ」

と、横からタオルを差し出された。

ナイスなタイミングだった、このタイミングはエルフメイドの誰かだろうか、いやタイミングがバッチリ過ぎるからリーダーのレイナだろうなと思った。

そう思いながら、タオルを受け取った。

「ありがとう――え？」

受け取って、相手の顔を見た瞬間固まってしまった。

レイナではなかった、それどころかエルフメイドの誰でもなかった。

労をねぎらうためのタオルを差し出してくれたのは、誰あろうアメリアだった。

俺は石のように固まってしまった。

まさかアメリアがこんな事をしてくれるとは思いもよらず、驚きの余り完全に固まってしまった。

「どうなさいましたか、リアム様」

「え？　あっ、その……いえ、なんでもないです」

ちょこんと小首をかしげられたので、俺はますます慌ててしまった。

理由は分からないがアメリアがやる事にケチをつける訳にはいかない。

このタイミングでタオルを手渡してくれたのだから使えって意味だろう。

だから俺は余計な事を聞かずにタオルで汗を拭った。

「あ、ありがとうございます！」

お礼は言わなきゃ、と、かろうじてそれはまだ分かるからその言葉を口にした。

余りにも緊張していたから言葉が盛大に上ずってしまって、心の中でラードーンが『ぷっ』と吹きだしたのが聞こえてくる。

それで恥ずかしくなって、それをごまかすようにアメリアに話しかけた。

「ア、アメリアさんは、ここで何を？」

「リアム様の事を見ていました」

「お、俺の？」

「はい。先日お話した――」

「……ああ」

俺はポン、と手を叩いて納得した。

先日、歌うために必要な事として、彼女は俺に丸一日くっついて、ともに行動した事があった。

なぜあの時そうしたのか、その理由は分からなかったが、俺は分からない事の方が多いし、アメリアのそれは「いい歌を歌うため」というおそらく専門的な何かの行動だったはずだ。

ならば俺に分かるはずもない、できる事は彼女の言うとおりにする事だけ。

そうして丸一日こうどうした。

あの時と同じという事だろうか。

「お、俺の事を観察してたんですか？」

「はい。もう少しだけリアム様の事を知りたくて……ご迷惑でしたでしょうか？」

「そ、そんな事はない！　必要だったらいくらでも！」

「ありがとうございます」

アメリアはにこりと微笑んだ。

「リアム様はすごい方だと、改めて実感致しました」

「すごい？」

「今も、魔法の事を考えていらっしゃったのですね」

「ああ、うん。魔法を作ってた」

「何か一つの道を究めた方とまったく同じような、他の全てが目に入らないほどの集中力を発揮してらっしゃったのがすごいと感じました」

「そ、そうですか？」

「心から、尊敬します」

「…………」

自分の耳がおかしくなったようだ。

あのアメリアに尊敬するって言われた。

心から尊敬するって、言われた。

何が起きてるのか分からなくなるくらいの衝撃を受けた。

「い、いまなんて……」

「一つの事と向き合って、脇目も振らず一生懸命で、その道を究める。尊敬に値します」

「…………」

同じ事を言われた。

耳がいよいよおかしくなったのかと思った。

……ああ、耳がおかしくなったのか。

だったらしょうがない。

耳がおかしくなって、聞き間違えた事をこれ以上聞き返すのは失礼だ、と。

俺は話題を変える事にした。

「何か必要は事はありませんか？　アメリアさん」

「必要な事、ですか？」

「はい。まだ聞いてない何かがあれば。必要なものはなんでも用意しますので、なんでも言って下さい」

「なんでも……ですか？」

「はい、なんでもです」

俺は力強く言い切った。

アメリアの最高の演奏ならなんでもする、その言葉に嘘偽《うそいつわ》りはない。

魔法でできる事ならなんだってできるだろうし、その他の事ならブルーノたちに頼んでなんとかしてもらう。

言葉通り何でもする、という決意を込めて言った。

アメリアからどんな言葉が返ってきても驚かずにただ実現に向けて力を尽くすだけ――と、思っていたのだが。

「では、その時は舞台の正面にいて下さいますか？」

「舞台の、正面？」

言われた事は余りにも予想外で、なんとか簡単過ぎる事で肩透かしをくらってしまった。

「はい。リアム様に見ていただきたい。それが分かる正面にいていただきたい――」

一呼吸の間があいて、アメリアはうかがうように聞いてくる。

「だめ、でしょうか」

「そんな事はありません！」

俺はあわてて否定した。

「そんな事はありません。むしろそんな事でいいのですか？」

「いいえ、一番重要な事です」

「はあ……わ、分かりました。よく分かりませんが、一番正面の……えっと、なんか偉そうな人が座っていそうな席にいます……で、いいですか？」

「ありがとうございます」

アメリアは静々と頭を下げた。

本当にそんなんでいいのかと思ったけど、アメリアが本気でそれを望んでいるっぽかった。

だからそれはきっちり守る事にした。

その後、アメリアと少しだけ打ち合わせをしたあと、彼女と別れた。

アメリアが帰った後の、建設中の会場で一人佇《たたず》んで、考える。

『よいのか？　当日はお前が国境沿いで守ると言っていたが』

ラードーンが聞いてきた。

「なんとかする」

俺はそう言いきった。

具体的にどうするのかはこれから考えるが、アメリアがそう望んできた以上「なんとかする」は絶対だった。

アメリアがなぜそう言ったのかは分からない、分からない以上当日会場にいるのは俺の本体じゃないといけないだろう。

契約召喚で呼び出した分身はだめだろう。

ならばどうする？

新しい課題に、俺はまた集中し、没頭するのだった。

.279

約束の地の果て。

一般的に国境と呼ばれている所に、俺の魔法で赤い壁が作られていた。

他国では最近「レッドライン」と呼ばれているそれが見える所に一人でやってきた。

「【エアマイン】」

手をかざし、魔法を唱える。

魔法の光が凝縮され、目の前の空間の一点に集まって、砂粒ほどの大きさになった。

大きさこそ砂粒ほどだったが、放つ輝きはそうとは思えないほど大きなものだった。

極限まで熱した金属のように、まばゆい光を放っている。

「……うん」

それを確認し、更に魔力をそそいで仕上げると、それまで輝きを放っていたそれがすぅ、と消えた。

まばゆい輝きを放っていたそれが一瞬にして消えてしまった。

足元に転がっている石ころがあったから、それを一粒拾い上げて、粒のあったあたりに放り投げた。

石が「粒」にあたった瞬間大爆発が起きた。

一瞬にして爆風が俺を包み込んだ。

あらかじめマジックシールドを張っていたから、俺にはダメージはない。

爆風の中、俺は「よし」とつぶやく。

実地のテストに満足した。

『罠か』

視界が土埃でまだ戻らない中、普段は声だけの存在、ラードーンが話しかけてきた。

「ああ、アオアリ玉を参考にして作り直した」

『作り直す必要があったのか？』

「成功率を上げるためだ」

『ほう？』

ラードーンの興味を持ったときの返事が返ってきた。

短くともすれば素っ気なく聞こえる返事だが、実際は話の内容に興味をもってくれてるときの返事なんだと、長い付き合いで分かっている。

「アオアリ玉を空中に浮かして、何かの引き金で地上に降ろす――それじゃ手順が一つ多い。もっとシンプルに触れれば爆発するものを地上に置いた方が確実だ」

『代わりに威力が落ちているようだが？』

「これでも充分だろ、そもそもアオアリ玉じゃオーバーキルだ。全員が全員ラードーン級って訳でもないし」

『ふふっ。たしかに、これでも人間くらいは優に吹き飛ばせそうではある』

「威力が落ちても数を揃えられる――【エアマイン】三一連！」

無詠唱で多重魔法を使う。

目の前の空間に輝く光の粒が行使した三一個できて、それがほぼ同時にパッと消えた。

「数を揃えられればそれだけで力になる」

『うむ、一つの真理だな』

「あとは……」

続いて、俺は【アイテムボックス】を唱えた。

アイテムボックスの中から小さな塊をとりだした。

それは指の先端くらいのサイズの、布の塊だ。

それを一端地面に置いて、【ニードル】で突きやぶった。

破けた布の中から霧状のものが漏れ出した。

『今度はなんだ？』

「ピュトーンの眠りの霧だ」

『ほう？』

「ピュトーンにあげた枕の一部だ。こうやって持ってきて破くと吸い込んだ霧が放出される」

『こんなものも用意してたのか？』

「普段から持ってた」

俺はそう言い、アイテムボックスから枕を取り出して、ラードーンに見えるようにかざして見せた。

「使った後のものは回収してこの中に置いてる」

『ほう』

「廃棄方法を考えるの後回しにしてたけど、今なら役に立つ」

そう言ってる間にまわりに霧が拡散した。

量が量だから、この程度だと大した害はない。

そもそもすぐさま害が出るようなものじゃないのだ。

ピュトーンの眠りの霧が脅威なのは、本人の体から絶え間なく放出しているという事、その一点につきる。

絶え間なく発散し続け、更にピュトーンはその気になれば月単位で眠っている事もある。

したがって、それを一度喰らってしまうと、同じように月単位で眠り続ける事になる。

神竜たるピュトーンは一ヶ月寝たままでもどうもしないが、人間は介護無しに一ヶ月寝る事なんてできない。その前に食事や水分やらがとれなくて生命を維持できなくなる。

だから、これは脅威ではない。

本人じゃない、放出しきったらなくなるものは「ちょっと眠らせるだけ」の効果しかない。

だから脅威ではない。

それでも十分だ。

「アメリアさんの演奏はどんなに長くても半日だから、強制睡眠のこの霧との相性は最適だな」

空気中に仕掛けた爆弾も、この眠りの霧も。

アメリアの要望を叶えるための仕掛けだ。

極端な話半日さえもてばいいから、それならやりようはいくらでもあった。

いくらでもある中からまずは二つ試しに仕掛けてみた。

『眠りの霧に仕掛け爆弾か。そこまで重ねる必要はあるのか？』

「この前で学んだ」

『うむ？』

「街の魔力が切れた事だ。前はあれでも問題ないと思ったけど、今回の事でいくつか予備があったほうがいいって思った」

『うむ』

「物事には絶対なんてないんだろうな。だけど、予備を何度も重ねてやれば絶対に少しでも近づけられるはずだ」

『……驚いたな』

「何が？」

不思議になって、聞き返した。

『むかし、それなりの人物から聞かされた危機管理の極意とよく似ている』

「そうなのか？」

『うむ。予備を重ねる事で安全性を一〇〇パーセントに近づけさせる理屈だ。そいつも絶対はないと言っていた』

「そうか」

ラードーンがいう「それなりの人物」と同じ答えにたどりついたのは、俺にかなりの心強さを与えてくれた。

『まあ、そいつは失敗したがな』

ラードーンは楽しげな感じで言った。

「失敗した？　なんで？」

『何でもかんでもそうやろうとしたからだ。なす事全てに予備とその予備またその予備の予備を用意していたら、あらゆる事の負担が大きくなりすぎてな』

「ああ……」

何となく分かった。

絶対はない、でも重ねる事で絶対に少しでも近づけさせる事はできる。

そうなると、どこまで重ねてどこで妥協すればいいのかという考え方になってくる。

そして、あらゆる事にそれをやろうとしたら全ての事に二倍三倍かそれ以上の労力がかかるという事でもある。

それは確かに負担、いやどこかで破綻《はたん》するのが目に見えている。

「大丈夫、俺は今回だけだ」

『うむ』

ラードーンが納得してくれた。

そう、今回だけだ。

今回はアメリアの頼みを実現するために、アメリアの演奏中の安全――いや安寧を確保するのが目的。

演奏が長くても半日程度の、一回こっきりだから、いくら重ねても問題ない。

「あと九――全部で一一くらいは重ねるつもりだ」

『うむ。次はなんだ？　見せてもらおうか』

俺の考えにラードーンは賛同し、次の仕掛けを楽しみにしてくれたのだった。

.280

夕方、国境レッドレインの近く。

俺は短時間で作りあげた石像を見あげていた。

それは竜の石像――ラードーンの石像だった。

『我だったのか、これは』

俺の中から、ラードーンの呆れた声が聞こえてきた。

ラードーンが呆れるのも無理はない。

ラードーンの石像とは言うが、こうして間近、足元くらいの距離から見上げるのではまったく似ても似つかないという感じだ。

それを「ラードーンの石像」と思っている俺にラードーンが呆れるのも無理はない。

しかし呆れてはいるが、微かに楽しげな感情も伝わってくる。

呆れ笑いをしていて、怒ってはいないようだった。

俺は苦笑いしつつ、答えた。

「やっぱり似てないか」

『我はここまで不細工ではないつもりだが』

「そうだよな。これでも大分頑張ったんだけど……絵心の問題か」

『なんのためにこんなものを作ったのだ？』

「遠目に『神竜が睥睨している』というハッタリだ」

『なるほど、半日でいいから、ならばなしではないな』

ラードーンから発想のお墨付きをもらった。

そう、半日でいいから、という所からでた発想だった。

こんなどうしようもない物でも、半日――いやほんの少しでもそれっぽく見えればそれでいい。

『発想は畑のカカシか？』

「ああ」

『ふふっ、お前の敵が全員ハトかカラス以下だといろいろと楽だったのだろうな』

「さすがにそれは。その分神竜の威名を笠に着させてもらう形だ」

『うむ、存分に笠に着ろ』

ラードーンは楽しげに笑った。

『そういう事なら、我の頭上に人形でものせておくといい』

「人形？　なんで？」

『人間どもがどのように認識しているのかにもよるが、「我」が大人しく頭の上にのせておく人間は？　という話だ』

「……俺？」

『うむ』

「俺の人形――カカシなんて効果があるのか？」

『自己評価が低すぎるのではないか？　――魔王』

「……ふむ」

なるほど、とちょっとだけ思った。

自己評価はともかく、俺はパルタ公国をはじめとする人間側から「魔王」と呼ばれている。

魔物の王って意味らしいが、もしそれが「魔法の王」だったらちょっと嬉しいかもしれない。

——は、ともかく。

神竜とセットで魔王が一緒にいるのなら確かにカカシの効果が少しは上がりそうだ。

「よし、じゃあ頭上に俺の石像も作るか」

『適当に人型で良かろう。遠目には分かるまい』

「そうだな」

そこはラードーンの言う通りだったし、俺自身、自分そっくりの石像がパッと作れるとは思えない。

時間をかければいろいろ方法はあるんだが、一〇個以上の仕掛けで、カカシ程度の気休め効果しかないであろう仕掛け。

そこにそこまでの時間と労力はかけられないと思った。

効果がありそうなものは全力で、気休め程度のものはとりあえず「あればいい」程度で。

半日持たせればいい話だから、そういう風に力配分をする事にした。

「あれ？」

ふと、街の方から誰かが向かってくるのが見えた。

舗装されていない道を砂埃たてながら走ってくるのは一台の馬車だった。

「馬車？　兄さんかスカーレットか？」

この国で馬車を使う者はほとんどいない。

魔物達はほとんど自らの肉体を駆使した何かしらの移動法をするし、大抵の場合それは馬車よりも速い。

数少ない人間でも、アスナなどは【ファミリア】の魔法で身体能力が上がっているからやはり自分の足の方が速い。

馬車を使うのは街の人間じゃないブルーノ、そして元王女のスカーレットくらいなもんだ。

だからそのどっちかなんだろうとあたりをつけてみたが――正解だった。

やってきた馬車から降りてきたのはスカーレットだった。

パルタ公国から戻ってきたばかりなんだろうか、彼女は交渉の場にでる時の正装をしていた。

馬車から飛び降りたスカーレットは、まっすぐ俺の所に向かってきて、後数歩の所で立ち止まって、丁寧に一礼した。

「スカーレット、ただいま戻りました、主様」

「お帰り、交渉はどうだったんだ？」

「詳細はこちらでございます」

そう言って、スカーレットはあらかじめ用意していたのか書類を両手でもって、恭しく俺に差しだした。

「結果のみ口頭で申し上げます。パルタ公国は全面降伏を受け入れました」

「そうなんだ――えっと」

俺は書類を受け取って目を通すが、内容が難しくよく分からなかった。

だから書類ではなく、スカーレットに視線を向けて、口頭で聞く事にした。

「それってスカーレットとラードーンが狙った通りになったたって事？」

「はい」

「そうか、ありがとう」

「もったいないお言葉」

『それならこの仕掛けも不要かな』

「いや、このままやる。そもそも、今までも何度も不意打ちを食らってきたんだ。降伏したからといってちっとも安心できない」

『ふふっ、それもそうだな』

俺がラードーンと話していると、スカーレットの視線は俺の背後、巨大なラードーンの石像に向けられている事に気づいた。

「これは……神竜様でしょうか」

「ああ、ラードーンだ――っていうとさっき怒られたばかりだけどな。余りにも似てないもんで」

「わたくしには想像通りの威容だと感じました」

「そうなのか？」

「はい」

スカーレットははっきり頷いた。

まったく迷いのない、確信にみちた反応だ。

「約束の地の事をしって、それを文献で深く調べて得た知識。その知識のイメージ通りの威容でございました」

「そういうものなのか……うん？」

「どうなさいましたか？」

スカーレットの「約束の地」の言葉に引っかかりを覚えた俺。

そんな俺をスカーレットは不思議に思った。

約束の地というのはこの土地の事だ。

この魔物の国の領土全てが、約束の地と呼ばれた土地。

今となっては「魔国」とか「魔法都市」とかの呼び方をする様になったから、久しぶりに「約束の地」という言葉を耳にして、意識に入ってきた。

「……」

「主様？」

『どうした？　いきなり』

「約束の地で思い出したけど……」

「なんでしょうか？」

「俺達がやってくる前のように『封印』ってできないのか？」

「え？」

『ほう……』

スカーレットは驚いたが、ラードーンはさっきよりも一段と楽しげな空気を出した。

『そこまでするのか？　いや、するのか』

楽しげなままそう言った。

その言葉はつまり――。

「できるんだな？」

『うむ』

ラードーンの返事は力強く、頼もしかった。

.281

「ラードーン？」

『…………』

できる、と力強く言いきってから一変、ラードーンは急に黙り込んでしまった。

ラードーンは俺の体の中にいて、寄生――いや共生的な形になっている。

普段は姿は見えないが、長く一緒にいる事で、言葉に出さなくてもある程度の感情の違いが分かるようになった。

ラードーンは力強く言いきった後、後ろ向きな感情になった。

迷っているような、後悔しているような。

そういった類の感情だ。

『うむ、これは我の手落ちだな。すまない』

「どういう事だ？　そんなに難しい事なのか？」

俺が言うと、スカーレットは驚き、焦った表情になった。

ラードーンの言葉を直接聞けない彼女は、俺の言葉で間接的に状況の変化を察した。

それでもスカーレットはこういう時、俺《主》とラードーン《神竜様》の会話に割って入る事はなく、聞きたいがそれをぐっとこらえる表情で押し黙る。

俺はそんなスカーレットでも分かるように、若干説明口調になるように意識しつつ、ラードーンとのやり取りを続けた。

『やり方自体はそう難しくはない。確かにある程度の難易度はあるが、時空間魔法や神聖魔法を自在にたぐるお前ならさほどの障害にならない』

「俺の能力が問題じゃないって事は……何が障害になるんだ？」

『うむ、あの封印は元々、我ら三人の争いの副産物ともいうべきものだ』

「三竜戦争の副産物という事だな？」

『そうだ。そこで我らが気にも留めない事が一つある。それは時間の感覚だ』

「時間の感覚……」

『人間とは異なる時間の感覚で生きているという事だ』

「人間と違う時間の感覚だとどうなるんだ？」

『結論から言おう。あの封印を一度施してしまえば、数十年は解除不可能な状態になる。いや、ほぼほぼ一〇〇年と言っていいか？』

「一〇〇年間も解除できない!?」

「――っ!!」

びっくりして、思わず目を見開いた。

俺の言葉である程度話が理解できたのか、スカーレットも同じように驚いた。

「それって、その間は何が何でも解除できないのか？」

『できないはずだ。が』

「が？」

『お前なら無理矢理なんとかなるかもしれない。ただし保証はない』

「……」

『その間何人たりとも出入りは不可能になる――あの娘をずっとこの地に縛り付けておくなど望んではいないのだろう？』

「ああ」

俺ははっきりと頷いた。

アメリアの事だ。

あの「約束の地」状態にして、国ごと封印してしまうと誰も出られなくなってしまう。

俺や魔物達はまだいいが、この国の人間じゃないアメリアをこの土地に閉じ込めてしまうなんてあってはならない事。

『人間の尺度を持たぬが故に失念していた、すまない』

「いや、ラードーンは悪くない。というか、それだけのものなら時間があるときにじっくりと研究したいって思う」

『ふふっ、お前らしい。まあ、今回は使えぬという事だな』

「そうだな」

俺はふっ、と肩をすくめた。

アメリアの演奏会が終わって、彼女を送り返したら本格的に研究しようと思った。

ラードーンが作り出した約束の地の魔法。

この国になっている土地を丸ごと封印してしまう大魔法。

それがそういうものなのか、どうなっているのかはものすごく興味があった。

終わった後にやる事として、ひとまず脇にどけておく事にした。

「あの……」

スカーレットがおずおずと切り出した。

いかにも、俺とラードーンが話しているから発言をひかえていた、といった様子だったが、俺達の話が終わったのを察してからか会話に参加してきた。

「どうしたんだ?」

「約束の地そのものの再現ではなく、現象の再現……ではどうでしょうか」

「現象の再現？」

「はい」

スカーレットははっきりと頷き、俺をまっすぐ見つめながら、更に続けた。

「ハッタリ――と申しますか」

「ハッタリ」

「はい。主様とともに約束の地にやってきた時の事は今でもよく覚えています」

「ふむ」

俺は小さく頷いた。

元々約束の地はスカーレットが持ってきた話で、最初は彼女と一緒にここにやってきた。

「目をつむると、今でもあの時の光景はまぶたの裏に浮かび上がってくるくらいです」

「そうなのか？」

「はい。それほどに第一印象が強烈でした。ここには何もない、あったとしても人間が足を踏み入れる事ができる場所ではない。と強く感じました」

「ふむ」

「その『見た目』のみ再現できれば、ハッタリとして機能できるのではありませんか？」

「……そうか、半日もてばいい訳だ」

「はい」

頷くスカーレット。

俺も同じように頷き返した。

彼女にしかできないアドバイスだった。

あの時、俺と一緒に約束の地に来たスカーレットからしか出てこないアドバイスだ。

「【精霊召還：サラマンダー】」

俺は少し考えて、炎の精霊を呼び出した。

サラマンダーに頼んで、俺とスカーレットから少し離れた所の何もない空間を炎で熱してもらった。

熱された空気が揺らめき、光景が歪《ゆが》んで見える。

「陽炎……」

「ぱっと思いつくのはこれだけど……見た目だけ変えるのならいろいろやりようはある。ありがとうスカーレット」

「もったいないお言葉」

スカーレットは嬉しそうに、深々と頭を下げた。

あの時見た約束の地の光景。

それを見た目だけ再現するのなら半日もかからない。

今すぐにやってしまおうと思ったのだった。

.282

「【マジックスクリーン】」

レッドラインの外側から魔法をかけた。

事実上の国境になっているレッドライン、赤い壁の上に覆い被さるようにしてかけた。

瞬間、目に映る光景が変化した。

それまでは赤みのかかった荒野が見えていたのが一変して、巨大で底が見えないほどの空洞に変わった。

それは、俺が初めてここにやってきた時に見えていたのとよく似ている光景だった。

よく似ている――というのはあの時の記憶が一瞬過ぎるから。

すぐに約束の地を復活させてしまったから、大まかなものは覚えていても本当にこうだったのかという確証がない。

ないから、同じようにあの時いたスカーレットに聞いた。

「こんな感じだったか？」

「さすが主様。あの時のままでございます」

「そうか」

俺は小さく頷いた。

スカーレットがそういうのならばと安心した——が。

『重箱の隅をつつくようだが』

「ラードーン？」

『空洞のように見えるが、色はもう少し闇に近い』

「色がもう少し闇に近い？」

ラードーンの言葉を復唱しつつ、スカーレットに再び目を向けた。

「という事らしいんだが、どうだろう？」

「それは……も、申し訳ございません」

スカーレットは言葉通り、かなり申し訳なさを感じている表情で頭を下げた。

「そこまでは詳しくは……」

「いやまあ、俺もそうだ。巨大な穴で暗いのは覚えてるけど、もっと闇に近いかどうかまではさすがに覚えてない」

『うむ、だから重箱の隅と言った』

「なるほど」

『人間相手、半日程度のハッタリならばこれでも良かろう』

「そうだな。これ以上やっても意味がないだろう。やるなら別の何かをふやすべきだ」

『うむ』

「あの時に写真さえあればなあ」

俺は肩をすくめ、苦笑いしてそう言った。

写真というのは、「真実を写し出す」という意味でつけた、リアムネットの効果の一つだ。

その時見えているものをそのまま記録して、いつでもみられるようにする魔法の事。

写真で約束の地の光景を写していれば完全に再現できたんだけど……まあ、しょうがない。

『人の記憶は移ろいやすい』

「ああ。写真は撮っておくべきだな、人間って忘れるから」

『うむ、それが良かろう』

「では、アメリア様の演奏の光景も撮っておく事にします。わたくしにお任せ下さい」

「そうだな…………写真を？」

「主様？」

スカーレットの申し出にまず頷いた。

アメリアの演奏会を写真に残しておく、人間の記憶は曖昧《あいまい》だし忘れてしまうから、という話の流れから当たり前の提案だったからまずは頷いた。

が、すぐに思い直した。

「写真よりも音だよな」

「音、ですか？　……あっ」

「そう」

一瞬戸惑った後、はっとするスカーレット。

「アメリアさんは歌姫なんだ。どっちかっていうのなら、歌っている姿よりも歌そのものを残したい」

「おっしゃる通りでございます。それに、見た光景よりも聞いた声の方がより記憶があやふやでございます」

「そうだな」

俺はスカーレットの言葉に同意した。

その辺りはリアムネットに今ある効果でできる。

そこまで考えが及ばなかったけど、ここまで準備して進めるアメリアの演奏会。

最高の演奏会にするためにいろいろ準備を重ねてきた。

だったらそれをリアムネットを使って記録して、ずっと残しておこうと思った。

☆

街に戻ってきた後、宮殿の応接間で訪ねてきたブルーノと二人っきりになった。

「以上が私が掴んでいる情報の全てです。これらから判断するに、当日に何らかの形で侵攻が始まる事は九九パーセントないものと思われます」

「なるほど」

俺はブルーノから報告を受けた。

いま仕掛けている魔法の考え方と一緒で、とにかくいろんな面から仕掛けてハプニングを抑制する。

スカーレットは無事パルタ公国を押さえくれた。

ブルーノには実際に押さえつけるほどの力はないが、その分あれこれと、俺やスカーレットなどでは追いきれない方面からの情報を掴んでもらっていた。

その結論が九九パーセント大丈夫だろう、という事だ。

「申し訳ございません……一〇〇パーセントと陛下にご報告できればとは思うのですが」

「いや、いいんだ兄さん。俺も一〇〇パーセント押さえられるとは思っていない」

だからあれこれ仕掛けてる。

一〇〇パーセントは無理だけど、かぎりなく一〇〇パーセントに近づけるために。

「兄さんの情報は助かる。本当に感謝する」

俺は深く頭を下げた。

アメリアの演奏会をより万全にするためにの情報として、ブルーノが持ってきたそれはかなりありがたいものだった。

「もったいないお言葉」

「当日だけど、兄さんも一緒に聴いていくか？」

「よろしいのですか？」

「ああ。記録して後からでも見て聴けるようにはするつもりだけど、たぶんその場で聴いた方が心に残るはずだ」

俺の経験上そう思った。

塀の向こうでの盗み聞きだったけどそうだったから、実際に聴いた方が――と思う。

だからブルーノを誘った。

感動を共有したいという意味合いで誘ってみた。

すると――ブルーノの反応は少し予想外だった。

さっきの「もったいないお言葉」のように、喜んでくれると思っていたが、ブルーノは真顔で何かを考え込んでいた。

「どうした兄さん?」

「それは、陛下の魔法で、という事でしょうか」

「何が?」

「記録して後で――という」

「ああ、リアムネットで。細かい改良でできるから、そこはもうやっといた」

「……それは」

「うん?」

「それは、よそでも可能なのでしょうか」

「よそでも?」

「記録したものがよそでも見れて、聴けるように……という意味でございます」

「できるよ。だって、パルタ公国との戦いで、侵攻したみんなが使えるようにリアムネットを改造したから」

「リアムネット無しでは……可能でしょうか」

「リアムネット無し？」

次々と飛んでくるブルーノの質問に、俺は微かに眉をひそめた。

ブルーノは一体何が聞きたいんだろうかと不思議に思った。

思ったが、とりあえず答える事にした。

「リアムネット無しに、この国の外でも見れるかって意味か？」

「はい」

「それは……古代の記憶をベースに改良すればやれない事はない」

魔法の理論的にはできる。

できるかできないかと言われれば間違いなくできる。

今までの経験から俺はそう言いきった。

「一体どうしたんだ兄さん？」

「……もしも」

「うん？」

「それを商品化させていただけるのなら」

「商品、化？」

「アメリア様最高の演奏会を見れる魔法アイテム、きっと皆様がこぞって買い求めるはずでございます」

「……」

俺はびっくりした。

そんな事、今まで考えもつかなかった。

でも、それはとても魅力的だった。

アメリアの最高の姿を、俺が好きなあの歌を「みんな」に届けられる。

それは、すごく、すごく魅力的な話だった。

.283

「……分かった兄さん、少し待っててくれ」

「何かお手伝いできる事はありませんか？」

「大丈夫だ」

当然の流れでブルーノが手伝いを申し出てきたが、俺はやんわりと断った。

「アメリアさんに聞いてくるだけだから」

「アメリア……様に？」

ブルーノは不思議そうに眉をひそめ、微かに首をかしげた。

なんでそんな事を、と言わんばかりの表情だったが、俺からすればなんで聞かないんだ？　と聞き返したくなる。

「アメリアさんの演奏を広める訳だから、許可は取らないと」

「それは陛下の一存――いえ、さすが陛下、素晴らしいご配慮だと思います」

「当たり前の事だろ」

俺は微苦笑した。

この程度の事で「素晴らしい」って言われてしまった。

今まででもいろんな場面で「素晴らしい」とか「さすが」とか「すごい」とか、そういう風に褒められる事はよくあったけど、それは大抵の場合魔法がらみの場面だった。

それは褒められて恥ずかしい事も多いけど、その一方で納得できる事も多い。

憧れの魔法、奇跡を起こす力、魔法の力。

魔法を成功させて「素晴らしい」って言われるのは気恥ずかしいけど納得できる。

それに比べるとこんな事で「素晴らしい」って言われても、恥ずかしい上に何がなんだかって気分になってしまう。

分からないし恥ずかしいしで、その事は半ば聞かなかった事にして、ひとまずブルーノと別れを告げてアメリアの所に向かう事にした。

☆

迎賓館の中、過ごしやすさと豪華さを両立させた作りのサロンの中。

訪ねてきた俺はアメリアと二人っきりで向き合っていた。

いきなり訪ねてきた俺にアメリアは少し驚きつつも快く迎え入れてくれたので、俺はそれに甘えて開口一番切り出した。

「アメリアさんの写真と音声を売りたい」

「写真……ですか?」

「あっ、そうだった。すみません、まずは写真の説明をします」

「はい」

「【リアムネット】という魔法があります」

「リアムネット……たしか、お手紙を届ける魔法でしたでしょうか」

「そうです。手紙以外も届けられます」

「そうなのですか?」

アメリアは少し驚いた様子だった。

この街に来て、この迎賓館に泊まってしばらく経つ。

【リアムネット】は今やこの魔法都市と深く結びついている魔法だから、アメリアにもある程度の説明をした上で使えるようにしている。

とはいえ普段の生活とは縁が遠すぎる魔法のせいか、アメリアがそれを活用している様子はない。

「例えば……こんな感じです」

俺は【リアムネット】をつかって、自分の写真をアメリアとの間の空間に映し出す事にした。

ちょっと前にメイドエルフの子が撮って全国に拡散した俺の写真だ。

俺の写真だしみんな一度は見ているものだから遠慮無く使わせてもらう事にした。

「これは……リアム陛下の肖像画？　ものすごく似ていらっしゃる……」

「これが写真です。『真実を写し出す』という意味で、写真。雑に言えば見たそのままの光景をこういう風に保存しておく魔法です」

「すごい魔法なのですね……聞いた事もありません」

「動く写真もあります」

「動く写真ですか？」

「はい」

俺は頷き、別の写真を写しだした。

俺とアメリアの間に写し出されたのは俺の寝室、そして寝ている俺。

「むにゃむにゃ……ぜんりょく、ぜんかーい……いっ……けー」

ベッドの上で寝ている俺は、なんだか恥ずかしい寝言を言っていた。

「こ、これは？」

「俺の寝相です。動く写真の魔法を作ったときに、そういえば自分の寝相って知らないなあ、って何となく思って、じゃあ寝てる時の姿を写真にしようって思ったんです」

「そうだったのですね。ふふっ、たしかに、自分の寝相や寝言がどうなのかは気になりますね」

「はい」

アメリアと見つめ合った。

どちらからともなく、吹き出すように笑い合った。

不思議な気持ちになった。

ものすごく憧れている人で、今でも目の前にいると緊張がとまらないほど憧れの人で。

そんな人と、「自分の寝相は気になる」という事で共感しあえるなんて思いもしなかった。

「やはり……リアム陛下はすごいお方ですね。魔法でこんな事ができるなんて知りませんでした」

「そうですね、俺が作った魔法なので、この国の人間以外は初耳になるのでしょう」

「作られたのですか？　ますますすごいです」

「えっと……あ、はい」

俺はめちゃくちゃ恥ずかしくなった。

魔法の事で「すごい」と言われる。

それは納得ができるが、恥ずかしくもある。

普段でもちょっとはずかしい事が、憧れの人に言われたもんだから恥ずかしさでどうにかなりそうだった。

同時に、嬉しくも思った。

「魔法がすごい」というのは俺自身思っている事でもある。

だから、アメリアの「すごい」は何倍も嬉しかった。

とは言え、嬉しすぎてこのままじゃどうにかなりそうだったから、話を逸らして――本題に戻す事にした。

「そ、それでですね。これを売りたいんです」

「あぁ……そうでしたね」

そういう話だったな、という顔をするアメリア。

「アメリアさんの演奏を写真にして、この魔法を魔導具という形で作って。どこでも誰でもアメリアさんの演奏が聴ける様にしたいんです」

「……」

アメリアは目を見開いて、絶句しているように見えた。

やっぱり失礼だったか？　と思った。

でもアメリアのすばらしさをもっともっと広めたいと思っている俺は、更に説得を試みようとした。

「もちろん、アメリアさんには――」

「……」

俺は口をつぐんでしまった。

アメリアが無言で立ち上がり、見下ろす形で俺に視線を向けてくる。

まずい！　これは不快にさせてしまったか？

そう思って、俺は慌てて謝ろうとした――が、次の瞬間。

なんと、アメリアは。

深々と、腰を直角に折るほど頭を深々と下げてきたのだった。

.284

「アアア、アメリアさん!?」

俺は盛大にパニクった。

あのアメリアが俺にこうして頭を下げているのだから当然だ。

前にも一度似たような事はあった。

だけどあの時はアメリアの親を助けたという事の結果だから、いきなりの事で焦りはしたけどパニクりはしなかった。

だけど今はちがう。

まったくの予想外だった。

むしろこっちから頼みごとをしているのに、こんな風に頭を下げられるなんて全くの予想外で、理解もできなかった。

「えと、あの……と、とにかく頭を上げて下さい」

俺は慌ててそう言った。

アメリアはゆっくりと頭を上げた。

物静かな目で、まっすぐ俺を見つめてきた。

「アメリア……さん？」

「今までは、権力者に呼ばれて……鳥籠《とりかご》の中で歌う形でございました」

「……ああ」

「もっと様々な方に聴いていただきたい、そうは思っていても手段がありませんでした。許しも得られませんでした」

「許し？　誰の？」

「私の価値を維持しようとした権力者達の……でございます」

「それってどういう事？」

俺は首をかしげた。

アメリアの言っている事がよく分からなかった。

権力者が大金を払って、屋敷に呼んで自分だけ楽しむのは分かる。

というか実際にその現場を見ている。

俺がアメリアを知ったのも屋敷の外、塀の向こうからの盗み聞きだったからだ。

だからそれは分かる。

けど、今回の話でそういう人間の許しを得なきゃいけない理由が分からなかった。

分からないで困っていると、こっそりラードーンに聞いてみた。

『詳細は分からん、が』

が？

『何やら楽しげな匂いがする』

ラードーンの語気は言葉通り楽しげなものだった。

が、ラードーンとの付き合いが長くなってきたせいで何となく感じる。

その「楽しげ」というのは、呆れるけど一周回って楽しい、というタイプの楽しいだろうと、語気から伝わってくる。

それで少し嫌な予感をしたまま、アメリアの答えを待った。

アメリアは少しためらってから、静かに口を開いた。

「私がどこでも歌うような女だと価値が下がるからだそうです」

「……はい？」

どこでも歌うから価値が下がる……？

どういう事だそれは。

理解できないなりに一生懸命考えた。

どうにか理解しようと、魔法に置き換えて考えてみた。

「それは、どこでも歌ってしまうと、体力――あっ、喉《のど》がつぶれてしまうからとか、そういう事ですか？」

魔法を使いすぎると魔力が下がる、魔力が下がれば魔法の威力とかも下がる。

だからそういう事なのかと思ったけど――アメリアは静かに首をふった。

「いいえ」

「だったら……？」

「誰にも手に入る様なものでは価値が低くなります。貴顕《きけん》にしか呼べない歌姫、という価値が」

「えっと……？」

アメリアの説明を受けてもよく分からないでいた。

が。

『ぶははははは』

俺の中で大爆笑するラードーン。

ラードーンには分かったみたいだ。

そしてその笑い方で分かる。

それはきっと、とんでもなくどうでもいい、ばかばかしい話なんだろうと分かった。

「正直、よく分かりません」

「はい……」

「でもアメリアさんはそれが嫌なんですよね？」

「え？」

一瞬落胆しかけたアメリアだが、パッと弾かれるように表情を変えて俺を見つめ直した。

「違いますか？」

俺のまぶたの裏にはまだ、アメリアが頭を下げたあの光景がしっかりと焼き付いている。

よほど嫌だったからそこまで深々と頭を下げたんだと判断した。

それで聞いてみた、いや、確認した。

アメリアは俺を見つめたあと、そっと目を伏せ、か細い声で答えた。

「はい……いや、です」

「じゃあやめさせます」

「え？」

目を伏せたアメリアがパッと顔をあげた。

その顔は驚きに満ちている。

「い、いいのですか？」

「もちろん、アメリアさんがそれを望んでいるのでしたら」

「リ、リアム様は、その」

「はい？」

「独占……したい、とは……思わないのですか？」

「いいえ、まったく」

「……」

「……？」

アメリアはきょとんとしていた。

俺はなんでそこできょとんとされるのかが分からなかった。

独占したいかって聞かれて、そう思ってないから思ってないって答えただけ。

それできょとんされる理由はなんだろうか……分からなかった。

分からないが。

『ぷっ……くくっ……』

俺の中でラードーンが笑いを押し殺している。

たぶん俺の返事が的外れなんだろうな、というのが何となく分かる。

『安心しろ。我には面白いがその娘には正解だ』

ラードーンは先手を打ってくれた。

そういう事なら気にしないでおこうと思った。

とはいえこのままよく分からない話をしてもしょうがないから話をすすめた。

「俺はどうしたらいいですか？　いえ、アメリアさんはどうなりたいんですか？」

「どうなりたい？」

「はい。どうなりたいのか、なんでも言って下さい。魔法でできる範囲内なら――」

俺はそこで一旦言葉を切った。

魔法、奇跡の力。

ずっと憧れてきた奇跡の力で、それには絶対の信頼を置いているが、とはいえ相手が憧れの人だから本当に信頼できるのか一瞬だけ自問した。

それでやっぱり大丈夫だとしてから、言いきった。

「――なんでも叶えてあげますよ」

「……」

なんでも、はちょっと大口叩きすぎたんだろうか。

アメリアは驚きの余り、開いた口が塞がらないような表情になってしまうのだった。

.285

驚いたアメリアは目を伏せてしまった。

しかし上目遣いで、うかがうようにして俺を見つめてくる。

その状態がしばらく続いたあと、アメリアはおずおずと口を開く。

「本当に……いいのですか？」

「はい」

「それなら――」

そこでアメリアは一度言葉を切った。

話そうとしたが、やはりぐっと飲み込んだ、そんな仕草だ。

それを挟んでから、でもやっぱり――、と勇気を出してという感じで。

「もっと、多くの人に、歌を聴いてほしいです」

「分かりました、任せて下さい」

俺は即答した。

それでアメリアはますます驚いた様子を見せた。

俺があまりにも安請け合いをしたように見えて、それで驚いているんだろう。

☆

その日のうちに、俺はブルーノを呼び出した。

俺に呼ばれたブルーノは大急ぎで街にやってきた。

馬を使いつぶすほどの大急ぎだったらしいとエルフメイドから報告を受けたが、俺の前に出たブルーノは涼しい顔を装っていた。

馬を使いつぶすほどの大急ぎで乗っている人間が疲れていないはずはありえないんだけど、ブルーノはそれをまったく表に出さずにいた。

「本日はどのような御用向きでしょうか」

「ああ、兄さんにちょっと相談に乗ってほしくて」

「なんなりとお申し付け下さい」

アメリアにする俺みたいに、ブルーノも俺の相談には安請け合いにしか見えないほどの勢いだった。

そんなブルーノに頼もしさを覚えつつ、まずはアメリアとのやり取りを話した。

ブルーノは黙ってそれを聞いた後。

「私にお手伝いできる事がありますでしょうか」

「今準備を進めてる、アメリアさんの演奏会。ああいうのが他の国でもできないかって思って」

「演奏会を、ですか？」

「ああ。演奏会に使う魔法とかは、他国だけど俺一人ならどうとでも侵入できるから準備は整えられるけど、そもそも演奏会自体開けるのかどうかが聞きたいんだ」

「……不可能ではありません」

ブルーノはしばらく考えたあと、若干奥歯にものが挟まったような物言いをした。

「すぐにはできないって事か？」

「はい。まず、大規模な演奏会は今まであまり例はありませんが、サーカスや決闘場など、そういった催しはございますので開催自体は可能です」

「じゃあすぐにできない理由は？」

「今まで『歌』は権力者が独占してきました。そのため、民が足を運んで聴きに行くという習慣がございませんので、開催しても集まるかどうか不明です」

「そうか……」

「この国は陛下の鶴の一声で皆さんが集まるので、その懸念はないに等しいでしょう。またパルタ公国も戦敗国で事実上陛下の支配下ですので、圧力をかければどうにかなるでしょう。ですが、他の国では……」

「そうか……じゃあ諦めるしかないのか……？」

『ふふっ、相変わらずお前は魔法とそれ以外では別人だな』

「え？」

急にラードーンが話に割って入ってきた。

いきなりの事で俺は驚いた。

「どういう事だ？」

『早まるな、という意味だ。そいつの言葉を思い返してみろ。不可能ではない、だろう？』

「あっ……」

俺ははっとして、ブルーノを見た。

ブルーノは真顔だが、難しい顔ではない。

「可能にするにはどうすればいいんだ？　兄さん」

「はい、陛下の全面協力をいただければ」

「何でもする。言ってくれ」

「かしこまりました。それでは、まずは音を蓄積、再現する魔法――いえ、魔導具を開発して下さい」

「音、だけ？」

「はい」

「魔法ではなく魔導具？」

「さようでございます」

「分かった」

俺は小さく、しかしはっきりと頷いた。

魔法じゃなくて魔導具なのは分かる、ブルーノには「他の国でどうにかする」という事を頼んでるから、使い手が覚えないといけない魔法じゃなく、誰でも魔法の効果を再現する魔導具にするというのは分かる。

だから、なんで音だけなのかは分からないけど、きっとブルーノなりの理由があるんだろうと思う。

だから言うとおりにした。

「まずは魔法から作ろう」

「はい、完成致しましたご一報――」

「すぐにできる」

「――え」

俺は頭の中を探った。

音を保存、再現する魔法。

リアムネットで同じ事をしているから、リアムネットから切り出してそれだけにすればいい。

だからそれは簡単だ。

前詠唱無しの上限で、同時に魔法を使い、開発する。

リアムネットで既にあるものの切り出しだから上限に引っかかる事なくすぐにできた。

「【フォノグラフ】！」

手をかざし、魔法を唱える。

目の前に光の渦が現われた。

「これが……そうなのですか？」

「ああ。こんな感じで――」

そう言い、魔法の効果を進める。

光の渦がピタッと止まって、最初とは逆方向に回転を始める。

『これが……そうなのですか？』

『ああ。こんな感じで』

光の渦の法から声が聞こえてきた。

俺とブルーノそっくりの声だ。

「おお！　まさにこれです」

ブルーノは歓声を上げた後、感動した瞳で俺の方を見た。

「さすが陛下でございます、まさかこの一瞬で完成してしまうなんて……お見それいたしました」

「リアムネットにあったものだからな。という事はこれでいいのか？」

「はい」

「じゃあこれを魔導具にする。これくらいの魔法ならすぐにできるけど、これをどうするんだ？」

「アメリア様の歌を保存蓄積し、商品にします」

「商品に？」

「はい」

「……それが他の国での演奏会につながるのか？」

「はい」

ブルーノははっきりと、滅多に見ないほどの力強い頷き方をした。

「じゃあ任せる」

俺は細かく聞かない事にした。

商品にする、とブルーノは言った。

それならこの先は商人の領分で、俺が細かく知っても意味はない。

ブルーノがあれほど力強く言いきるのなら、細かい口出しはしないほうがいいと思ったのだった。

.286

「商品にするって事は数を揃えなきゃだよな？　どれくらいいるんだ？」

「まずは、一〇〇〇ほど」

「え？」

ブルーノが即答した数字に俺は驚いた。

これまでもブルーノとはいろんなもので商取引をしている。

ほとんどが俺の魔法研究の副産物で、ブルーノに引き取って売ってもらった形だ。

だから商売の事だけど、俺はある程度どれくらいの数字でどれくらいの規模のものなのかを把握している。

それらと比べて、今回の一〇〇〇はかなり大きい数字だった。

「そんなにいるのか？」

「はい」

『まずは、とも言ったな』

「あっ！　そうだ『まずは』だ。最終的にもっといるって事？」

「はい」

ブルーノははっきりと頷いた。

まっすぐ見つめてくる眼差しは迷いを一切感じられない。

よほどの自信と覚悟を感じられた。

「本当にそんなにいるのか？」

「誠に恐れ多い事ですが、陛下の御心を推察するに、最終的にはアメリア様の名を広く知らしめたいと望んでいるかと存じます。そうなれば最終的に万単位での数が必要となるでしょう」

「あぁ……うん、そう、だよな」

俺の中で意識が切り替わったのが自分でも分かった。

そう、アメリアの名前を広めるためだ。

だったらそれくらいの数はあって当然だ。

「分かった、注文される数を出せるようにする」

「数は重要ではございますが……」

ブルーノはそこで一旦言葉を切って、俺を見つめた。まるで俺の表情をうかがうかのような視線だ。

「なんでも言ってくれ。アメリアさんのためなら何でもする。兄さんは無礼とかそういうのを気にするかもしれないがなんでも遠慮無く言ってくれ」

「御意」

ブルーノは腰を折って深々と一礼してから語り出した。

「アメリア様の名前と歌を広めるという目的から逆算致しますと、歌声を再現するための魔導具は一家庭に一つは持てるようなものが望ましく思います」

「一家庭に一つ……」

「貸し借り無しで、いつでも好きなときに聴ける状況、から逆算致しました」

「なるほど、たしかに貸し借りしないでみんな持てる状況が一番いいな」

「ですので、価格を相当に抑えていただきたく」

「価格？」

「はい。どのような家庭でも無理なく変える程度の金額。上着一枚と同じくらいの金額まで抑えていただくのが理想でございます」

「分かった、それは任せろ」

今度は俺が即答した。

商売の事はブルーノに任せるしかないが、魔法と魔導具の開発なら俺が得意とする所だ。

☆

ブルーノが準備を進めると部屋から出て行った後、ラードーンが話しかけてきた。

『大丈夫なのか？』

「なんとかする」

『まあ、最悪あやつがなんとかしてくれるだろうが』

「いや、兄さんに損を押しつける訳にはいかない。協力してもらうんだから、ちゃんと商売として儲かる形にしないとだめだ」

『となると正攻法か。我も門外漢なのだが、商品を安く作るのは大変な事ではないのか？』

「ああ、普通はな」

そこはラードーンの言うとおりだ。

そこは転生前の、一村人だった頃の記憶が残っている。

毎年、畑から作物が採れる。

領主に税を払った後、自分達の糧となる分をのこして、後は商人に売って金に換えるんだが、そこで毎年のように商人とバチバチやりあう。

こっちは高く売りたい、商人は安く買いたい。

商人は更にその先の客に売るから高く売るにも上限があるし、こっちは肥料とか種の代金とかいろいろかかっているから安くするのも限界がある。

毎年のように、生きるためにやり合っていたその時の記憶が残っているから分かる。

商品を安く作るのはものすごく大変な事だと。

——普通は。

『普通？』

「ああ、今回はこの世で一番安い原材料が使えるからどうにかなる」

『なんだ？　その一番安い原材料というのは』

「俺の魔力だ」

ラードーンの疑問に答えてやった。

そう、今の俺にはそれがある。

魔導具の多くは、ミスリルとかそういう貴重な金属を使って作るものだ。

一方で、ブラッドソウルのような物を使って作る形もある。

そしてブラッドソウルというのは突き詰めれば「魔力が凝縮して形になった物」だ。

つまり、物によっては「魔力だけ」で魔導具を作る事ができる。

その魔力を、俺が持っている魔力だけでやればいい。

そうすれば元手は一切かからない、ブルーノの注文である一家に一つレベルの安さまで抑える事はできる。

後は頑張ってその魔法と魔導具を開発すればいい——それはいつもやってきた事だった。

『……くくっ』

「ん？」

『くく……くはーはっはっはっは！』

普段見ない反応でなんだ？　と思っていたら、ラードーンがいきなり大笑いしだした。

「どうした？」

『いやなに、二重に面白かったのでな』

「二重に？」

『うむ。魔力のみの魔導具。たしかに常人で意図するところの元手はかからん。それができるお前が面白くてな』

「はは」

俺もちょっと楽しくなった。

魔法の力、奇跡を起こす力。

憧れの魔法をつかった形が褒められて嬉しくなった。

「もう一つは？」

『うむ。こっちの方が面白かったかもしれんな』

「うん？」

『お前の自己評価の低さよ。一〇〇〇〇を超す魔物を総べる魔王の魔力をタダだという発想が壺《つぼ》に入ってな』

そう話すラードーンは、また声をあげて大笑いしだしたのだった。

.287

街の中、露天のカフェテラス。

あまり流行っていない店の席に座って、行き交う魔物達をながめ、テーブルの上に置いた魔導具を向けていた。

最近はブルーノとの商売のおかげで、人間の街にあるいろんな店ができたりしていた。

酒場などは結構賑わっているけど、こういうこじゃれた店はほとんど客が入っていない。

魔物の感性に合わないのかもしれない。

が、今はそれが良かった。それが必要だった。

そこそこいろんな声があって、無軌道な声があって、でも騒がしすぎない。

【フォノグラフ】を魔導具にする最終調整には、この「そこそこの雑音」の環境がよかった。

そこで調整をしていたが、俺の姿を見つけたスラルンとスラポンがピョンピョン跳ねて一直線に向かってきた。

「りあむさますきー」

「すきすきりあむさま」

これでも戦闘するときはそこいらの冒険者をばったばったなぎ倒す強者であるスライムの二人が、

子犬よりも更に愛くるしい仕草で俺に甘えてきた。

俺は微笑みながら二人を撫でてあげた。

二人はひとしきり俺に甘えた後、テーブルの上に置かれている魔導具に気づいた。

「これなにりあむさま?」

「りあむさまのまほう?」

無邪気な顔で聞いてきた二人に「ああ」と頷き返して、その魔導具を発動させた。

魔法【フォノグラフ】の効果を持った魔導具。

魔晶石を参考にして、俺の魔力を凝縮した結晶で作った魔導具。

それはすぅ――と消えながら。

『これなにりあむさま?』

『りあむさまのまほう?』

と、直前のスラルンとスラポンの声が二人に聞こえたはずだ。

同じ言葉ところか、まったく同じ声。

【フォノグラフ】で同じ声が聞こえた。

ちなみにはずだ、というのはアメリアのための雑音を消す魔法と一緒で、そしてここでテストしている理由でもある。

雑音を消してよりよく聞こえるには対象者にだけ聞こえるのが一番いいと思った。

魔導具も完全に消えた後。

「りあむさますごい」

「すごいりあむさま」

スラルンとスラポンが更に興奮して懐いてきた。

天真爛漫さゆえに、スラルンとスラポンは言葉が少なく、すぐに「結論」と「感想」に言葉が飛ぶのが特徴だ。

今のも、長い付き合いから途中の「ぼくたちの言葉が再現されて」がすっ飛ばされて、二人はひたすら俺の事をすごいすごいと更に懐いてきた。

そんな二人とじゃれ合いながら、魔力を凝縮させて、新しい【フォノグラフ】を作る。

「ちゃんと思った通りの効果は出てるみたいだな」

『うむ、その二体がああも興奮するというのはそういう事なのだろうな』

「あとはこれを量産すればいいか」

『いや、それはどうだろう』

「ラードーン？　どういう事だ？」

スラルンとスラポンとじゃれ合いつつ、待ったをかけてきたラードーンに聞き返した。

『魔法の効果は申し分ない、さすがお前だ。我にも聞こえないのだから魔法そのものは完璧といえよう』

「じゃあ？」

『兄の言葉を思い出せ。服のように買いやすい、と言ったはずだ』

「ああ、言った」

ブルーノは確かにそう言っていたと、その時のやり取りを思い出しながら頷いた。

『それの本質は安価で聴けるというものだ』

「そうだな」

『一回限りで消えたとあってはどんなに安くても高く感じる』

「……あぁ」

ラードーンに気づかされた俺は、うめき声にもにた同意の言葉を漏らした。

ラードーンの言う通りだ、一〇〇パーセントその通りだ。

声を閉じ込めて放出する——というのが魔法を閉じ込めて放出するという、街のインフラのバックアップをやっていた時の発想を引きずったままだったから、考え無しに一回限りの物を作ってしまった。

でもラードーンの言うとおり、一回限りだと高くつく。

「絵とか本とか、そういうのみたいにくり返し楽しめる方がいいよな」

『そう思う』

「ありがとうラードーン、すぐに調整する」

ラードーンのアドバイスを取り入れて、魔導具の調整をした。

一回限りじゃなくて、何回も繰り返し使えるような魔導具に作り替える。

一回限りのに比べて作る魔力はかなり多めに必要だけど、それは問題じゃない。

何せ——俺の魔力はタダだから。

だからそうやった。

すぐにそれができた。

「よし！」

俺はできあがった魔導具を手にして、会心の笑みを浮かべた。

「りあむさまおわった？」

「あそぼうりあむさま」

俺が魔導具を作っている間は黙っていてくれたスラルンとスラポンがじゃれつきを再開した。

【フォノグラフ】の魔導具を発動させた。

『りあむさまおわった？』

『あそぼうりあむさま』

二人の声がまた、二人だけに聞こえたようで、スラルンとスラポンは更に大はしゃぎした。

効果は発動したが、魔導具は消えなかった。

大成功だ、と思った。

あとはこれを量産してブルーノに渡そうと思った。

「あれ？　リアムじゃん」

名前を呼ばれたから、声の方を向いた。

道の先にアスナがいて、彼女は長いポニーテールを揺らしながら、こっちに小走りで駆け寄ってきた。

「どうしたのリアム？　リアムを街中で見かけるなんて珍しいね」

「ああ、実は――」

俺は苦笑いしつつ、アスナに説明した。

ブルーノの注文に応じるために魔導具を開発しているが、ある程度雑音のある環境の方がテストにはいいから街に出ていると。

それを最後まで聞いたアスナは。

「へえ、そうなんだ」

としきりに感心していた。

「でもさ、それってもったいなくない？」

「うん、だから使い捨てじゃなくて――」

「そうじゃなくて」

アスナは被せ気味に俺の言葉を遮ってきた。

「え？」

「魔導具がもったいないとかじゃなくてさ、自分にしか聴けないのがもったいないって事」

「……えっと？」

「いい物はみんなに共有したいじゃん？　例えばあたしがおいしいケーキ見つけたらジョディさんに教えてあげるし、ジョディさんも買いなよって言うんだ。ケーキとかだったら一口分けたりとか。

でも自分しか聞こえないならそれもできないじゃん」

「あぁ……」

なるほど、と思った。

アスナの言う事は一理どころか十理もあった。

その通りにした方がいいかな――と思ったその時。

アスナから、更にクリティカルな一撃がとんできた。

「そもそもリアムだって、あの人の歌をみんなに広めたくてやってるんじゃん？」

「――!!」

脳天をがつんと殴られたような衝撃で、目の前が一瞬真っ白になった。

『ふふっ、魔力は飛び抜けているが人間力はまだまだだな』

ラードーンの言葉も意識に入ってこないほど、頭まで真っ白になったのだった。

.288

「そうだよな……広めたいよなあ」

「でしょ？」

「ありがとうアスナ、すごく助かったよ」

「えへへ、どういたしまして。——あっ、でも！」

俺にお礼を言われて、それで嬉しそうにはにかんでいたアスナだったが、何かを思い出したのか急に表情を変えた。

「どうしたんだ？」

「そうなると別の魔法を用意するって事だよね？　それって大丈夫なの？」

「ああ」

アスナの懸念を理解した俺は、フッと微笑んだ。

「それなら大丈夫だ」

「本当に？」

「ああ、普通に楽にできる。そもそも『みんなに聞こえる』と『自分だけに聞こえる』じゃ、後者の方が難しいから」

「あっ、それもそうね」

説明を受けるとアスナはすぐに納得した。

声という、日常生活に関係するものだったからすぐに理解できたようだ。

「ちょっと待っててくれ」

「うん」

アスナの返事を待たずに、俺は魔法の改良を始めた。

【フォノグラフ】の改良だ。

改良、というよりは先祖返りの方がいいのかもしれない。

【フォノグラフ】が声を蓄積して再現するという魔法だから、使用者にだけ聞こえる形の前にまず、まわりの全員が聞こえるような声をだすという形があった。

そこに戻すだけだ。

だからそれはものすごく簡単だった。

「できた」

「えっ、もう⁉」

「ああ、簡単だって言ったろ？」

「それにしても早すぎない？　違う魔法を作るんだよ？」

「まあでも、これくらいは」

「はえ……やっぱりすごいね、リアムの魔法は」

アスナはより一層感心して、目を輝かせて俺を見つめてきた。

「試しになんか言ってみてくれ」

「分かった！　えっとね……リアムすごい！　魔法の天才！　大天才！」

「えっと……」

俺は苦笑いした。

「どうしたの？」

「いやまあ……」

「なんか失敗した？」

「失敗はしてないんだけど……」

恥ずかしくなっただけ、とも言いづらかった。

だって、【フォノグラフ】を成功させるという事は――。

『リアムすごい！　魔法の天才！　大天才！』

意を決して、【フォノグラフ】で蓄積したアスナの声を再現させた。

まったく同じアスナの声が、俺にもそしてアスナ本人にも――。

「あっ、聞こえた」

と、大はしゃぎで反応するくらいはっきり聞こえたみたいだ。

「魔法は成功したみたいだね」

「うん、これなら他の人にもおすすめできる……よ、ね？」

大はしゃぎしたアスナだが、途中でまた何かを思い出したのか、言葉が途中で途切れ途切れとなった。

「どうしたんだ？」

「……ねえリアム、今のもう一度聴ける？」

「え？　ああ」

俺は頷き、【フォノグラフ】をもう一度発動させた。

『リアムすごい！　魔法の天才！　大天才！』

まったく同じアスナの言葉がもう一度聞こえてきた。

「これでいいのか？」

「うん……ねえ、自分にだけ聞こえるってのもできる？」

「まあ……というか、二つの魔法に分けるか。今回の用途には合わなかったけど、使い分けできた方がいいのは間違いないだろうし」

『うむ、その通りだな』

ラードーンのお墨付きを得られた。

よく考えなくてもそうだろうと思った。

似たような魔法でも、微妙に効果が違うものはいくらでもある。

用途に需要さえあればそういうのが作られ、生まれ、そして残る。

今回の【フォノグラフ】なんて最たるものだ。

アメリアの歌をみんなに広めたいからみんなに聞こえるようにしたけど、用途次第では自分にだけ聞こえるものもある。

例えば……例えば？

『密書、の音声版とかだな』

具体例を思いつかないでいると、ラードーンがビシッと例を出してくれた。

さすがラードーンだと思った、その通りだと思った。

元々音声を蓄積して再現するというのは、リアムネットの中の手紙のような用途にあったものだ。

大元が手紙みたいなものだから、密書——相手にだけ届くという形が一番分かりやすい。

なるほど密書かと思った。

そうなると更に改良の余地があるな。

使用者に聞こえる、というのなら強奪された場合良くない。

特定の個人、がっつり指定した相手にのみ聞こえる形なら密書にふさわしくなる。

その魔法の改良を——。

『それはまた今度にしておけ魔法バカ』

ラードーンに突っ込まれて、思わず笑ってしまった。

その通りだな。思わずいつものように魔法をがっつり考える方に行きかけた。

それはラードーンの言うとおりまた今度にしよう。

今はアメリアのためにいろいろやる時。

そのためには特定の人間にだけ聞こえる魔法はいらない。

いつかやる、後回しにするという事でとりあえず忘れる事にした。

そうして、一連の考えとラードーンのやり取りの横で、気づけばアスナが何かを考えている様子だった。

「どうしたんだアスナ」

「ねえ、これって、自分にだけ聞こえる方の道具?」

アスナはそう言って、テーブルの上におかれていた試作品の魔導具を指さした。

「ああ、そうだけど？」

「これ、あたしがもらってもいい？」

「いいけど……なんで？」

「それで、リアムの声をいれてほしいの……できる？」

「それもいいけど……」

なんで？　ってますます不思議に思った。

不思議に思ったのは、いつもは快活なアスナが急に頬を染めて、もじもじして何か言いにくそうにしだしたからだ。

「じゃ、じゃあ――君は優しい、すごく可愛い、抱きしめたい――って、言って」

「え？　なんでそれを――」

「いいから！　お願い！」

「はあ……じゃあまあ」

「あっ、耳元でささやくみたいな感じでお願い」

「分かった」

俺は魔導具を手にとった。

使用者本人にだけ聞こえる魔導具に、アスナのオーダー通りの言葉を吹き込んだ。

「君は優しい、すごく可愛い、抱きしめたい――これでいい？」

「う、うん。ありがとうリアム。これもらうね！」

アスナはそう言って、赤面しつつも、ものすごく嬉しそうな顔をして、魔導具をもって立ち去った。

「なんだったんだ？」

『さあな』

残された俺とラードーンは、不思議そうに立ち去るアスナの後ろ姿を見送ったのだった。

.289

「これでいいか？」

部屋の中。エルフメイドに【フォノグラフ】の魔導具を手渡した。

受け取ったエルフメイドの子はそれを大事そうに胸にかかえた。

「ありがとうございます！　……きゃあああ！」

エルフメイドはお礼を言った後、その魔導具をじっと見つめて、さらに嬉しそうに黄色い声をあげて部屋から飛び出していった。

「……」

それを見送った俺。

不思議な行動だったが、俺はもう不思議に思うよりも慣れてしまっていた。

というのもこれでもう——何十人目かだ。

あの後、アスナから話を聞いたという事でエルフとか、女の子達が立て続けにやってきた。

普段あんまりおねだりしないこの街の魔物だけど、この時はアスナと同じものがほしいっておねだりしてきた。

珍しくおねだりされる事にびっくりしながらも、これくらいでいいのならと応じていたら、気づいたら何十人目かも分からないくらいの数になった。

だから今でも理由は分からないけど、もうすっかりと慣れてしまった俺がいた。

「なんなんだろう」

『分からん、が』

「が?」

『何やら女心と関連のある事柄のようだな、今までに来た女どもの反応を見るに』

「ああ、そういえば」

ラードーンに言われて、俺はちょっと納得した。

思い返せばみんな恥ずかしがったり照れたり、でも共通してみんな嬉しそうにしてるから、言われてみれば女心に関連する何かかも、と納得した。

『ふふっ、我も人間の心の機微には疎い方だが、お前も大概だな』

「女心はどうしようもない……」

『あやつなら何か分かるかもしれんな』

「なるほど」

あやつ、という言葉に含まれているニュアンスでデュポーンの事を指しているんだと何となく分かった。

よほど仲が悪かったのか、今この街で共存していても、ラードーンはあまりデュポーンとピュトーンの事を快く思っていないみたいだ。

それは言葉の端々からそういうのを感じるし、そもそも名前を呼ばない事がほとんどだ。

それでも、長い付き合いから何となくニュアンスでどっちの事を指しているのかが最近分かるようになってきたからそんなに問題はなかった。

それはそれとして、ラードーンの言うとおりかもしれなかった。

女心の事を、そりゃこの街にも分かる者達はおおいけど、俺が聞いて率直に答えてくれるのはデュポーンだなと思った。

ならばデュポーンにちょっと話を聞いてみようか、と思ったその時だった。

部屋のドアが静かに開いた。

乱暴にとか勢いよくとか、そういうのではまったくなくて静かだけど、前兆もまったくなかった。

エルフメイド達はもちろんだし、大抵はノックなり一声かけるなりしてから入ってくるものだけど、そういうのがまったくなかった。

いきなり、しかし物静かにドアをあけて現われたのはピュトーンだった。

彼女の姿を見て俺は何となく納得した。

「どうしたんだピュトーン、何かあったのか？」

「ん……」

ピュトーンはいつものように、アンニュイな空気を纏ったまま部屋に入ってきて、ゆっくりと俺に近づいてきた。

そして俺の前に立ち、やはりいつもの無表情のまま見つめてくる。

「ぴゅーも、あれがほしい」

「あれ？」

「みんなもらってるあれ」

「みんなもらってる……【フォノグラフ】の魔導具の事か？」

ピュトーンは静かに頷いた。

俺はちょっと困った。

『ふむ……？』

ラードーンもどうやら同じ感想を持ったようだ。

直前にこれはどうやら女心に絡む事だ、と話していた矢先の出来事だ。

それで女心が分かっていそうというか、女心そのもののデュポーンに話を聞いてみようと思ったところに、一八〇度違う、女心から縁の遠そうなピュトーンも同じおねだりをしてきたからか、俺もラードーンもちょっと困った。

少し考えて、素直に聞く事にした。

「分かった今作る。ちなみにピュトーンはどうしてそれがほしいんだ？」

「……子守歌」

「子守歌？」

「それ、寝てる時聴いてる子、多い。いい男のささやきだと、よく眠れる……って」

「へえ、そういう事に使ってるのか」

ちょっとだけ感心した。

アスナをはじめ、みんながなんで俺のささやきが入った魔導具をほしがるのかが分からなかったけどこれで使い道が分かった。

……あんなのでよく眠れるようになるのか？　という疑問はまだ残るが。

「だから、ぴゅーにも同じのを」

「ああ分かった。今作るからちょっと待ってくれ。吹き込む内容は何か注文はあるか？」

「同じので、いい」

「分かった」

ピュトーンを待たせて、俺は彼女のために【フォノグラフ】の魔導具を作った。

『そんなものなかろうとも年中ぐっすりだろうに』

ラードーンがなんか呆れまじりの突っ込みをしていたけど、それは苦笑いしつつ聞かなかった事にした。

魔導具はすぐにできて、ピュトーンに渡した。

ピュトーンは来た時と同じくらいに、感情の起伏がほとんどない感じで、受け取って物静かなまま部屋からでていった。

「にしても」

『うむ、寝ている時に聴いているとはまったくもって予想の埒外《らちがい》だった。そのような使い道があったとはな』

「びっくりだよ。こんな使い道があるのはびっくりだ」

『魔物の街だ、需要も通常通りではないのだろうさ』

「そうだな」

ラードーンと納得しあった。

俺は魔法以外の事はほとんどが疎い。

ラードーンは世の中のあらゆる事に詳しそうで、感情の機微には疎い一面もある。

今回のは、俺達の疎いところが重なった所に起こった出来事だったなあ、というのがちょっと面白かった。

そうやって納得して、それで話が終わってアメリアの件に戻る——はずだったのだが。

今度はノックも通達もあったけど、ブルーノが慌ててやってきた。

何から何までピュトーンと正反対のブルーノだったが。

「その魔導具とアイデア、是非わたくしに商《あきな》わせて下さい!」

と、同じように魔導具を強く求めてきたのだった。

.290

「それはいいんだけど……」

俺はちょっとだけ困った。

ブルーノの剣幕に驚いた。

彼が頼んできた事は今までもやってきた事——というか今もやっている事。

俺が作った物とか、この国で金になるようなものはほぼほぼブルーノに独占して取引させている。

【フォノグラフ】の魔導具も、ブルーノが望めば今まで通りに卸すつもりだ。

それはブルーノも分かっているはずなのに、今こうしてめちゃくちゃな剣幕で言ってきてる。

「どうしたんだよ兄さん、いつもと様子がちょっと違うけど」

「あっ……お見苦しい所、大変申し訳ございません」

「それはいいけど、何か訳ありなのか？」

「はい。理由は……二つございます」

「ああ」

頷き、ブルーノをまっすぐ見つめる。

ブルーノにここまでさせる二つの理由の内訳が気になった。

「一つ目は、陛下の新魔法は率直に莫大な利益になるであろうと直感的に思ったからでございます」

「そうなのか?」

「窓際までご足労頂けますでしょうか?」

「え? ああ」

頷き、ブルーノに言われた通り窓際に移動した。

そこで何をしろ——と言われるまでもなくすぐに分かった。

窓の外、見下ろす宮殿の前庭。

そこには大量の荷馬車が止まっていた。

「あれは?」

振り向き、肩越しにブルーノに視線を向けて、問いかける。

「手付金でございます」

「手付金?」

「それほどに、喉から手が出るほどほしい商品、ととらえていただければ」

「すごいな……」

心の底から感心し、そうつぶやいた。

もう一度窓の外を見て、荷馬車を確認した。

あれに全て現金が積まれていたとして——。

一つの商品として、あるいは一度の取引として。

そういう分け方で見たとき、そこにある分は今までで一番の高額どころか、これまでの最高の倍近くはあるかという勢いだった。

「そんなに売れるのか」

「はい。ご婦人達、特に上流階級のご婦人達は役者や詩人などに入れ込む事が多く、そういった方々に、陛下が使い魔の皆様方に与えている様なものはきっと大歓迎されるはずでございます」

「なるほどな」

それは何となく想像できた。

想像はできたのだが。

「それだけでこんなになるのか？」

「それがもう一つの理由でございます」

「そうだったな――うん？」

納得しつつ、窓の外のお金にはもう用はないからブルーノに体ごと振り向いたが――驚いた。

ブルーノは何故か赤面して、微苦笑を浮かべていたのだ。

「どうした兄さん？　言いにくい理由なのか？」

「はい、言いにくいと言えば言いにくい理由でございます」

「そうなのか」

「陛下は『積極的黙認』に聞き覚えはございませんか？」

「『積極的黙認』？」

首をかしげ、頭の中にある知識を探る。

俺の知識にそれらしき者はなかった。

念の為にラードーンにも「どう？」という気持ちを向けてみたが。

『知らんな』

とあっさりした答えが返ってきた。

「知らないけど、それってなんなんだ？」

「陛下は未婚でございますので、無理もございません」

「結婚してると分かるのか？」

「はい。正確には既婚である貴族の当主であれば……といったところです」

「ああ、兄さんも今は別の家の当主だもんな」

だからか、と俺は納得し、言われたブルーノは小さく頷いた。

元々同じハミルトンの子供だったが、三男であるブルーノは他の家の婿養子になった。

そこで当主になって今は商売の手腕を振るっている。

「俗な話で恐縮なのですが、貴族のご婦人達は肉体的な不義をのぞけば一切合切自由にしていいという風潮がございます」

「肉体的……不義？」

『夫以外の子を孕《はら》むような事はするなという事だろう』

なるほど、とラードーンの解説に納得した。

貴族は血のつながりを大事にする。

だから貴族の特に正妻は浮気はしてはならないというのは何となく知っていたが、こういう言い回しと制限は初耳だ。

「そうした中、貴婦人達は騎士達との関係を好みます。騎士が持つ自己犠牲の精神がベースとなり、精神的なつながりのみで自分に命を捧げる騎士との関係を好むのです」

「へえ……」

なんか分かるような分からないような話だな。

「そして、そう言った関係性を、貴族の当主——つまり夫側は『積極的に黙認』する事が美徳とされます」

「あっ」

分からなかった最重要のキーワードが再びブルーノの口から出てきて、それで話が繋がった。

「貴族ですので、精神的な不義は黙認。貴族ですので、金銭的な面で見栄を張るくらいが良しとされる。それが合わさって『積極的な黙認』という形になりました」

「へえ」

なんともまあ……すごい世界だな。

「そのようないきさつもあり、私の立場上、この商いは赤字になるくらいが、貴族としての『格』が上がります」

「えっ!?　赤字の方がなのか？」

「はい」

「へえ……」

『人間の貴族は珍妙なしきたりを作るのがうまいものだな』

そう話すラードーンは半ば呆れ気味で、俺も同感だと思ったのだった。

.291

「……分かった」

俺は少し考えたあと、ブルーノに返事をした。

「その件は兄さんに任せる。右も左も分からない俺より兄さんの言ったとおりにした方がよさそうだ」

「ありがとうございます！」

「そっちはいいんだけど——アメリアさんの件はどうなったんだ？」

「大変失礼致しました！」

ブルーノは弾かれるように立ち上がって、腰を直角に折り曲げるほどの勢いで一度頭を下げた。

「なんか問題があったの？」

「その件は順調に進んでおります。にもかかわらず報告をするまえに自分の事を優先してしまい大変失礼を致しました」

「そんなに自分を責める必要はない。というかそういう事なら話を聞かせてくれるか？」

「はっ！」

ブルーノはそう応じて、座り直してから、俺に促された通りにアメリアの件を話し出した。

「現状、まずはアメリア様の名前を広める事が必須でございます。無論わたくしにはご高名はいつも聞き及んでいるのですが、陛下が望まれる庶民の間での知名度はまだまだ途上でございます」

「ああ」

「したがって、私の領内を中心に、飯屋や酒場などで魔導具による歌声を展開する算段を取り付けました」

「酒場？」

「はい」

ブルーノははっきりと頷き、まっすぐ俺の目を見つめてきながら、疑問に回答してくれた。

「これらの場所は、今までも舞台を併設し、演奏や歌唱をする者達がいらっしゃいます。音楽が流れていてもおかしくはない場所です」

「確かに」

「音楽があってもおかしくない場所から広めるという形でございます。そのための魔導具をまずはお預かりできればと」

「分かった。……ちょっとついてきてくれるか？」

「……？　承知致しました」

ブルーノは「どこへ？」という顔をしたが、彼らしく疑問は口に出さずに素直に受け入れた。

☆

そのままブルーノを連れて迎賓館をたずね、応接間でアメリアと向き合った。

三人で向き合って座って、俺はアメリアにブルーノから聞いた話を伝えた。

一通り伝えた後で、念の為にブルーノの方を向いて。

「――で、あってるか兄さん？」

「さすが陛下、完璧な説明でございます」

ブルーノはそう言って、立ち上がってゆっくりと、慇懃《いんぎん》に腰を折って一礼した。

さっきと同じ直角のような頭の下げ方だが、さっきとは違って所作がゆっくりで上品だ。

と、いうか。

この程度の事で反応が大げさすぎないか？　と不思議がっていると。

『その娘の前だからだ。王様はすごいんだぞ。と、お前をよいしょしているのだ』

ラードーンがこっそりブルーノの行動を解説してくれた。

言われてみたら――と納得した。

貴族になる前も酒の席でそういう太鼓持ちの立ち回りを見ていたな、と思い出してさらに納得した。

そういう事ならば、とブルーノには何も言わずに、改めてアメリアの方を向き、確認した。

「どうですか？　場末の酒場では嫌だったらまた別の方法を考えます」

「いいえ」

アメリアはゆっくりと首をふって、すっと立ち上がり、静々と頭を下げた。

「あ、アメリアさん⁉」

今日はやけに頭を下げられるな——などと思う余裕はまったくなかった。

アメリアにそうされた事でパニックになりかけた。

「親身に考えて下さってありがとうございます。もちろん私に否はありません」

「そ、そうなのか……じゃあ兄さん、そういう事だから」

「はい」

アメリアに、憧れの人に頭を下げられた動揺がまだ収まらず、俺はブルーノに助け船を出してくれと求めるかのように話を投げた。

ブルーノは俺よりも遥かに落ち着いていて、話を続けた。

「それでは陛下、まずは予定の場所で使用するための、アメリア様の歌声を取り込んだ魔導具をいただけますでしょうか」

「あ、ああ」

「アメリア様には——いえ、陛下」

「え？」

何かを言いかけたブルーノ。

言い換えて、俺の方を向いた。

「個数は二〇個ほど。アメリア様のご負担にならぬよう一度にまとめて作成した方がよいのかと愚行いたしますが……」

「ああっ、それはもちろんだ。アメリアさんの負担になっちゃだめだ」

ブルーノの気遣いに感謝した。

俺は手を広げて、魔力を放出した。

ブルーノは二〇個ほどと言ったから、ちょっと多めに、いつもの同時魔法の要領で二三個作ろうとした。

広げた両手の先に魔力を凝縮。

俺の魔力、タダの素材。

それで【フォノグラフ】の魔導具をオーダー通り二三個作った。

「……よし」

これまで何度も作ってきた物で、数はちょっとだけ多かったけど問題なく作れた。

「ありがとうございます、陛下。このブルーノ、一命にかえましてもお預かりした魔導具を無事届けて参ります」

「一命って……大げさだろ」

「いいえ」

ブルーノは真顔になった。

まれに見るくらいの真顔になった。

「媒介無しに魔力のみで魔導具を製作する事ができる人間は陛下しかおりません。この魔導具一つ一つ、屋敷一つ分の値がつくほどの超高級品でございます」

ブルーノはかなり大げさに言った。

俺って事はないだろ、ラードーンとかでも普通に作れるはずだ。

『我は人間ではないからな』

と、ラードーンが突っ込みを入れてきた。

あー……そういうくくりか。

人間っていうくくりなら、うんまあ、そうなのかな？

などと、俺がぎりぎりで納得していると。

「そんなにものを一瞬で？　……すごい」

ブルーノの言葉を受けて、アメリアが驚嘆していた。

それを見たブルーノが、何故かしてやったりと言う顔をするのだった。

.292

「失礼を承知で申し上げるのならば」

ブルーノはそう前置きをして、アメリアをまっすぐ見つめた。

失礼を承知で――という言葉でアメリアがビクッと身構えた。

何を言われるのかと身構えた。

「アメリア様はまだまだ陛下の本当のすごさをご存じないように思われます」

「本当のすごさ?」

「はい。陛下の本当のすごさ、それを目の当たりにすればこの程度の事、すごいと思っていても驚きはなかったでしょう」

「そういうものなのですか?」

「はい。こと魔法にかぎって言うのなら、陛下は既に人を遙かに超越した存在であると言っても過言ではありません」

「それほどですか?」

「はい」

ブルーノの言葉でアメリアはまだ驚き、その驚いた顔のまま俺の方を向いた。

その顔はまるで、ブルーノの言った事は本当か? と聞いてきているように見えた。

俺は苦笑いした。

ブルーノは普段から俺の事を持ち上げてくるが、今日のは今までのと違って、一段と力が入っているように感じた。

「兄さん、それはちょっと言い過ぎなんじゃ」

「とんでもございません。陛下の魔法はそれほどでございます。これは私の推測ではあるのですが……」

「うん？」

「今の魔法――この魔導具を作る魔法、陛下は二〇個あまりを同時に作られました」

「ああ、それが？」

「陛下まだまだ全力ではないとお見受けしました」

「それはまあ……」

その通りだ、と思った。

同時魔法二三はまだまだ余力があるし、その「余力」には前詠唱も含まれている。

前詠唱で魔力を高めれば――。

「……一〇一個はできるんじゃないか？」

「五倍もですか⁉」

アメリアは驚きのあまり目をむいた。

「ああ、いえ……」

数で言えば五倍だけど、難易度で言えばもっと上だ。

上だが、それを俺が自分で言うのも恥ずかしいからごまかしておく事に――。

「いいえ、おそらく五倍ではすまないでしょう」

ブルーノが代わりに答えてくれた。

「どうしてですか？」

「料理を一品作るのと、同時に五品作るのとでは、労力は単純に五倍というわけにはいきますまい」

「……それは、きっと一〇倍の労力は」

「おっしゃる通りかと思います」

「…………」

アメリアはまた俺を見た。

ブルーノの言葉でますます俺をすごいと思った表情をしている。

憧れの人にそんな風にみられてむずがゆかった。

めちゃくちゃむずがゆくて困ってしまった。

この話はやめよう、そう思ってどうしようかと考える。

「それよりもアメリアさん。すみませんが一曲歌ってくれませんか。同時に魔導具に取り込みますので、一回だけで充分です」

「ええ、分かりました。その……」

アメリアはちらっとブルーノを見た。

ブルーノはゆっくりと頭を下げた。

「物音を立ててはいけませんので、私は外で待たせていただきます」

「分かった。終わったら呼ぶ」

俺はホッとした。

ブルーノが自分から外で待ってくれると言い出してホッとした。

何故か普段よりも俺をよいしょするブルーノ。

ただよいしょしてくるだけならもうなれたもんだけど、それのおかげでアメリアが感動した目で俺を見てくるからめちゃくちゃこそばゆくなってしまう。

ブルーノが褒めてくれるのは魔法の事ばかりだから、それ自体は嬉しくて否定しづらいのもこそばゆさに拍車がかかる。

だからブルーノが自ら外に出ると言い出してくれたのは本当にホッとした。

「失礼致します」

ブルーノはそう言って、一度俺とアメリアに頭を下げてから部屋から出ていった。

☆

部屋から出て、ちゃんと正面を向いて扉をしまったブルーノ。

普通は後ろ手で閉める事が多い部屋のドアだが、リアムに失礼にならないように彼は部屋から出た後ちゃんと部屋の方を向いて、両手でドアを閉めた。

「……よし」

ドアが完全に閉まった後、ブルーノはつぶやいた。

「どういう事なのだ？」

「――っ！」

背後――つまり廊下側から声が聞こえてきた。

慌てて振り向くと――ブルーノは二度驚いた。

そこにいたのは幼げな老女、神竜ラードーンの人間の姿だ。

見た目こそ幼い少女であるが、実際に向き合ってみるとプレッシャーに押しつぶされそうに感じた。

それでもブルーノは必死に平然をおよそい、ラードーンに向かって口を開く。

「神竜様がそこにおられる事に気づかず、大変失礼を致しました」

「お前の後を追ってきたのだ、だからここにいた、というのは正しくない」

「さ、さようでございますか」

ブルーノは背後に嫌な汗を伝うのを感じた。

お前の後を追ってきた――神竜ラードーンほどの存在にそんな事を言われるなんて、と、ブルーノはプレッシャーが一気に倍になってしまったように感じた。

「わ、私に何かご用で?」

「うむ、お前、今日はいつも以上にあやつを褒めていたな」

「……はい」

「案ずるな、お前から悪意は感じぬ。そもそも悪意があれば今ここでお前を消し飛ばせば良いだけの事だ」

「ご配慮、かたじけなく」

「あやつが気になっていたが、我も人間の機微には疎いのでな、あのままでは答えようがない。答えなくとも問題はないが、我も気になったから一応確認しておこうと思ったわけだ」

「さようでございますか」

ブルーノはホッとした。

ラードーンの目的を知ってホッとした。

ラードーンが自分程度の存在に嘘ついたり搦め手を使う必要が無いのはいたいほどよく分かっているから、それが本音だとも分かって、それでホッとした。

だから、ブルーノは率直に答える事にした――が。

「陛下をもっと高みへと押し上げるためでございます」

と言ったが、ラードーンは不思議そうに首をかしげたのだった。

.293

「それはどういう事だ？」

「恐れながら、地に這うものの視点から申し上げます」

「ふむ」

ブルーノは二重の意味でのへりくだる言葉を口にしたが、ラードーンは息をするようにそれを受け止めた。

「天上人とは直接仰ぎ見てはならないものと私は思います」

「……間に何かを挟めという事か？」

ラードーンは少し考えて、一つの答えを出した。

知識にはなかったが、方向性を示せばすぐに理解する事ができる。

このあたり、魔法の一点突破のリアムと違って、全てにおいて超越している神竜ラードーンならではとブルーノは密かに思った。

思ったが、それをおくびにも出さずに、下手なよいしょもせずに続けた。

「はい、直接仰ぎ見る事ができてしまってはありがたみが薄れますし、上限もございます。それよりも直接見る事はかなわず、あの大物さえもが仰ぎ見るほどの存在、という形の方がより『格』が高くなると感じるのが人間です」

「なるほど。その発想はなかったが、言われてみれば人間どもはいつもその形を作っていたな」

「恐れ入ります」

「我々は神秘性を口では嫌いますが、その一方で密かにありがたがる事が往々にしてございます」

「だからあやつと凡人の間に『大物』を挟む、と？」

「ご明察でございます」

ブルーノは小さく頭を下げた。

気分一つで自分の命を簡単に奪える存在であるラードーン。

そんなラードーンが相手だが、ブルーノは必要以上に慇懃にはならなかった。

尽くす礼に度合いがあり、それを仮に数値化した場合、リアムには一〇〇の礼をつくし、ラードーンはそれにやや劣る九五といったところだ。

これにはブルーノの計算がある。

あくまで尽くす相手がリアムであり、ラードーンではない。

ラードーンはリアムも一目置いている相手だから、その付録として敬意を示している——という形だ。

ただ地位を振りかざすだけの愚か者だと、「敬意が目減りしている」という一点だけで沸騰する事もあるが、ラードーンならばリアム本位のこのやり方を理解するであろうとブルーノは推測している。

そもそもが敬意の度合いなど気にもしない可能性が高いとも思っている。

それでも、「あくまで従っているのはリアムのみ」という演出をし、ラードーン相手でもそれがブレる事はない、という事で間接的に自分の格を上げるという戦略だ。

そういう計算もあって、ブルーノは腕力や魔力といった意味の力は皆無に近い身でありながら、曲がりなりにも今ラードーンと同等に渡り合っていた。

「それがあの娘か？」

「おっしゃる通りでございます。歌人というのは上手く包装を施せば凡人に最も理解されやすい類の大物となります」

「ふむ」

「幸運にもアメリア様はリアム様に惹かれているご様子。ただ利用するだけでもいいですし、私の真意を知ったとして、私の事を嫌悪しつつもやる事には協力してくださるでしょう」

「それで協力的なのか。我はてっきり、お前もあの娘の才能に目をかけて力を貸しているのだと思っていたぞ」

ラードーンはそう言って笑った。

ブルーノは逆にゆっくりと首を振った。

「私の本質は商人です。商人は芸術を能力で判断致しません。商品価値で判断します」

「ほう？」

「画家が最も分かりやすい形となります。多くの画家は死後ようやく商品価値が上がり、商人が群がっていきます。能力だけで判断するのであれば画家はすべからく生前に売れているはずでございます」

「あくまで金か」

「はい。順序が前後致しますが、アメリア様は『魔王リアムさえも虜《とりこ》にするほどの歌姫』という商品価値がございます」

「ふふっ、確かに前後しているな。その歌姫が仰ぎ見る魔王という図式に当てはめてしまえば矛盾にもほどがある」

「それでも成り立つのでございます」

「ふむ、人間とは面白いものだな」

ラードーンはそう言い、知識を得た人間特有の満足した表情を浮かべた。

神竜といえど、人の姿をしている時は同じような表情をするのだなとブルーノは密かに感心した。

「あの娘に芽生えかけた恋心も利用するのか？」

「それは致しません」

ブルーノは即答した。

「ほう？　商人なのにか？」

ラードーンは意外そうな顔をした。

今まで聞いた話であれば、ブルーノは女一人の恋心も容赦なく利用するような商人だと判断していたために意外だと感じたのだ。

「陛下は偉大なお方です。自然体で振る舞っていても女性の心を虜にする魅力をお持ちです」

「ほう」

「アメリア様の場合、部外者が干渉せず、ご本人が自分で育てた恋心だと感じさせるのがもっとも効果的だと判断いたしました」

「なるほど、そういう計算をするか。よほどあやつの事を信じ切っているのだな」

「陛下は偉大な方でございます」

ブルーノは迷う事なく、同じ言葉を繰り返した。

それを聞いたラードーンはふっ、と嬉しそうな顔をした。

「話は分かった、邪魔をしたな」

聞きたい事は聞けた、と。ラードーンはそう言って、すぅ、と消えた。

おそらくはリアムの所に戻ったのだなとブルーノは思った。

「想像以上に陛下の事を気に入っている、か。……まったく、奇跡のようなご縁だ」

ブルーノはそうつぶやいてから、しばらくドアをじっと見つめて、その後何事もなかったかのように歩き出した。

.294

街の外、会場の中。

アメリアの演奏会のために建造していた会場がいよいよ完成した——という事で、俺は会場の中をくまなく見て回った。

舞台上から、観客席のいろんな所から。

あっちこっちで見て回って、魔法での音の聞こえ方を確認する。

たっぷり時間をかけて、一通り問題がないと確認した。

「これで開催ができる」

無事完成した事で、俺は胸をなで下ろした。

これでようやく——という安堵が胸に広がった。

「陛下……」

不意に、背後から声が聞こえてきた。

振り向くと、そこにアメリアが立っていた。

アメリアは申し訳なさそうな顔をしていた。

「アメリアさん⁉ いつからここに？」

「先ほど、レイナさんから連絡を受けて」

「レイナが？」

『ふふ、さすがに気が回る』

俺の中でラードーンがレイナの事を褒めた。

三幹部の一人に数えられるレイナはラードーンの褒め言葉通り、いろんな事によく気が利くタイプだ。

今もそうで、会場が落成したら俺はたぶんすぐにでもアメリアに知らせたい、というのを見越した上でアメリアに知らせていたんだろう。

「だったら丁度いい。見ての通りですアメリアさん、会場ができました。パッと見と、魔法面での問題はないですけど、何か足りないところがあったら遠慮無く言って下さい」

「……」

「アメリアさん？」

アメリアは返事をしないで、俺をじっと見つめ返してきた。

その表情は何故か、一段と申し訳なさそうにしてるように見えた。

「私なんかのために……」

「違いますよ、俺自身のためです」

言葉を遮ってきっぱりと言い放った。

「俺が、アメリアさんの事をみんなに知ってほしい、自慢したいってだけです」

「自慢、ですか？」

「魔物達と一緒に暮らしていて分かったんですが、魔物達って娯楽の種類が少ないんですよ」

「娯楽の種類……ですか」

「そうです。俺も大概ですけど、それに輪をかけて知らないんですよ。もともとがないからしょうがないんですけど」

「そうなのですか……」

「歌とかも、一応人間が歌うっていう事は知ってますけど、じゃあ歌ってなんだ？　って聞くと分からないんです。そんなみんなにアメリアさんの歌を聴いてもらいたいんですよ」

「ですが、それならこんな大がかりな事をなさらなくても」

そう話すアメリアの顔にはまだ、申し訳なさが残っていた。

「俺、ラードーンにかなり早い段階で出会えたんです。ああ、それをさかのぼれば師匠もですが」

「どういう事ですか？」

「上手くは言えませんが、早い段階ですごい魔法を使う人達に触れてきたから、いまこうして色々魔法ができると思うんです。最初がしょぼかったら、結局魔法もこの程度だったんだ、って見限っちゃってたかもしれないです」

「……それが、私、ですか？」

アメリアはやや驚いたような顔をした。

「はい」

俺ははっきりと頷いた。

「アメリアさんはすごい人です。俺が今お願いできる人で一番すごい人です」

「そんな——」

「本当です！」

俺はまたアメリアの言葉を遮って、力説した。

「アメリアさんはすごい人です。もう知ってると思いますけど、この国の魔物達は【ファミリア】の魔法で人間に近い感情と感性をもちました。だから、今、最初にすごいのを見せてあげたいんです」

「……」

「改めてですけど……お願いします」

「……分かりました」

アメリアは物静かな声で受け入れてくれた。

さっきまでの申し訳なさとか、気後れとか、そういうのは一切合切消えてなくなった。

「ありがとうございます！」

「陛下のその言葉……卓越な知見だと感銘を受けました。私にできる事は喜んでご協力します」

アメリアはそう宣言してくれた。

できる事——なんてまだまだ謙遜が過ぎるけど、改めてやってくれると言ってくれたのはおおきかった。

これで問題は全てクリアした。

人間の国からの干渉は十数個の魔法や罠とかでほぼほぼ防ぐ事ができる。

スカーレットの外交もあってかなり安心だ。

この会場ができて、魔法での音響面も完璧で、楽器も最高のものにした。

何よりアメリア本人がやる気になってくれた。

これまであれこれやってきて、必要な事を一つずつ積み上げていって、外堀を埋めていった。

ここに来て、完全に全てのピースが埋まったという確信を得た。

後は実際に演奏会を開催するだけで、それはきっと、間違いなく成功するだろうと俺は確信している。

今から待ちきれないと、俺はワクワクしだした。

ふと、そんな俺をアメリアがじっと見つめてきている事に気づいた。

「どうしたんですかアメリアさん？」

そんなアメリアを不思議に思い、聞き返す。

アメリアが俺を見る表情はちょっと不思議で、あんまり見た事のない類の表情だ。

物静かにまっすぐ見つめてくるその表情が不思議だった。

だから聞いてみると、アメリアは静かに言い放った。

「私ももっと早く一流の陛下と出会いたかったです」

アメリアの言葉に、俺はものすごく恥ずかしくなって、照れてしまうのだった。

.295

いよいよ迎えた演奏会の当日。

俺は朝から空の上を飛び回っていた。

空の上、国境のレッドラインを沿って、何周も何周もグルグル飛んでいた。

『それをいつまで続けるのだ？』

朝から飛び始めて、太陽が真上にくる昼になったころにラードーンが聞いてきた。

「みんなが会場に入りきるまでのつもりだ」

目標というかゴールははっきりと決まっているから、俺は飛び続けたまま即答した。

『魔物が全員という事か？』

「ああ。魔物達だけじゃなくて、スカーレット達人間とか、あとデュポーンにピュトーンも。この国の『全員』だ」

『そしてお前が最後に入るというわけか』

「ああ」

俺は大きく頷いた。

レッドラインのまわりには仕掛けた魔法や罠が多くある。

多く存在するが、俺はどんな些細な異変も見逃さないぞという気概で国境を巡回していた。

「今はいわば最後の仕上げだ。ここまできて邪魔される事ほど馬鹿らしい事はない。だから最後まで気は抜かない」

『ふふ』

「どうした？」

ラードーンが妙に楽しげな感情を飛ばしてきた。

いたずらっ子のような感情だ。

『いやなに、もしも時をさかのぼる事ができる、人生をやり直す事ができるのなら、一つやってみたい事ができたと思ってな』

「何を？」

『お前がここまで念入りに準備してきたそれを直前でぶち壊したらどうなるのかと思ってな』

「あー……」

なるほどそういう事か、と納得した。

その話を聞いて、ラードーンがわずかに見せたいたずら心——稚気みたいなものにも納得がいった。

俺は少し考えて、答えた。

「うーん、たぶん期待してるようなのにはならないと思う」

『ほう。そのこころは？』

「たぶんだけど、アメリアさんとはじめて会ったときに、トリスタンに強制されてのあれを期待してると思うんだけど」

『うむ』

ラードーンはあっさり認めた。

アメリアと出会った時、彼女はトリスタンかその部下に強制されて、俺に色仕掛けをしてきた。

女を使って、相手の懐に飛び込んで色仕掛けする――というやり方は理解できるが、それをよりにもよってアメリアに強要した事に俺はぶち切れた。

それをラードーンは「もしやり直せるのなら」とした前提で、一度演奏会をぶち壊したらどうなるのか、と言ってきたのだ。

「あれはアメリアさん本人にあり得ない事を強要したから。だけどこの演奏会はどっちかといえば俺がアメリアさんに頼み込んでやってもらう事だから、ぶち壊しても被害はおもに『俺』なんだよ」

『ふむ。言われてみればそうだったな』

「だからたぶん、まあ多少は怒るけどそこまでじゃないと思う」

『納得した』

ラードーンは言葉通り、すんなりと納得した。

『やはり我は人間の機微には疎い、いや』
ラードーンはそれ更も愉快、という感じで続けた。
『そもそもが真逆に間違えてしまうようだ』
「そうなのかな」
『ここしばらくそれが続いているから、そうなのだろう』
「なるほど」
俺は小さく頷いた。
このあたり、ラードーンの心の機微の方が面白いとちょっと思ってしまった。
人間の事が分からない、そもそも真逆に行ってしまう。
でもそれさえも楽しいと思う――っていうラードーンがちょっと面白かった。
俺はその間も、国の上空をぐるぐる、ぐるぐると回っていた。
しばらくして、【リアムネット】から連絡が入った。
俺はとまって、滞空したまま【リアムネット】を開く。
連絡はレイナからのものだった。
『ご報告申し上げます。全国民会場に入場完了致しました』
という、レイナの落ち着いた声が聞こえてきた。
「全部入ったか」
『うむ』

「俺も行くか」

『このまま行くのか？　それとも最後にもう一手何かを仕掛けていくか？』

「ああ……」

なるほど、と少し考えた。

最後にもう一つ何か仕掛けていく、というのは確かにありかもしれない。

もう既にいろいろ仕掛けてきたからこれ以上はいらないといえばいらないし、念の為にもう一つ何かあれば安心といえばその通りだ。

俺は少し考えて、ラードーンに聞いた。

「ラードーンはどう思う？」

『ふむ？　人間がどう思うのかは今となっては分からん――が、ここまで手管が多かったのでな、逆張りで何もしなくてもいい、と答えておこうか』

「分かった、じゃあ何もしない」

『よいのか？』

「分からないから逆張りだとしても、俺の判断よりは確かなはずだ」

『ふふ、それは外れてしまわないか緊張ものだな』

ラードーンは楽しげに笑った。

俺も笑いながら、街の方に向かって飛んでいった。

すぐに街に戻ってきて、その反対側、街外れにある会場にやってきた。

会場の外からも、ものすごい熱気が渦巻いているのが分かる。

俺は着地しないで、入り口をくぐるようにして「飛んで」中に入った。

入り口から通路を通って、開けた空間に出る。

そして——これは特権だが、舞台の真っ正面にある一番いい席の前に着地した。

舞台の上にはアメリアの八十八弦琴が鎮座していて、あとは本人が登場してくるのを待つばかりとなった。

俺もさっさと座って、開始させよう——。

「「「うおおおおお!!」」」

——と思った瞬間、会場から歓呼が沸き上がった。

まだアメリアが登場していないのになぜ？　と思ったが、すぐに違うと分かった。

九割九分魔物達で埋め尽くされた会場の中、その歓呼は俺に向けられた者だった。

それはそれで悪い気はしないが、このままではアメリアが出てこれない。

俺はすっ、と手を上げた。

歓呼をやめてくれ、という意味をこめたジェスチャーだ。

これがダメなら——とは、無駄な心配だった。

俺が手をすっとあげた瞬間、歓呼がピタッと止まった。

本当にピタッと止まって、一〇〇〇〇を超える魔物に人間がいるのにもかかわらず、会場内は耳が痛くなるほどシーンと静まりかえった。

『ふふっ』

何故かラードーンが笑った。

どういう事だ？　と聞く間もなく。

舞台の袖から、アメリアが静々とその姿を現わした。

.296

針を落とした音さえも聞こえそうなくらいの静寂の中、舞台に上がったアメリアはゆっくりと八十八弦琴の前に移動した。

琴の前に立ったアメリアは真っ正面にいる俺を見つめた。

「……」

「……」

見つめあう俺とアメリア。

アメリアの目は何かを伝えたがっているように見えた。

負の感情は一切感じられない、気後れしているとかそういう事でもない。

それなのに、まっすぐ俺を見つめて何かを伝えてこようとしている様子。

「……」

俺は小さく頷いた。

それが正解なのかは分からない、でも頷いた。

まるで合図、あるいは許可というのだろうか。

そういう類の仕草だった。

それをうけとったアメリアは穏やかに微笑んで、琴の前に座った。

それで琴に手を伸ばす——かと思いきや、アメリアはすぅと息を大きく吸い込んで、歌い出した。

「——っ⁉」


世界中のどんな楽器よりも、素晴らしい歌声、その歌い出し。

『歌い出しはアカペラか』

楽器の伴奏を伴わない、アカペラ。

その歌声が白い雷のように、全身を突き抜けていった。

脳髄まで突き抜けて、全身が甘美にシビれるほどの歌声。

そのまま一節を歌いきって——一呼吸。

アメリアは今度こそ琴に指を這わせて、弦をならしながら歌い出した。

最高という感想以外あり得ない演奏と歌だった。

かつて盗み聞きしていたアメリアの歌声。

最高の環境。

最高の道具。

そして最高の位置。

それらが合わさって、あの時とは比較にならないほどの衝撃を覚える。

俺はアメリアの歌声に聴き入った。

その後の事はよく覚えていない。

記憶には一切残らなかったが、感情はしっかり覚えている。

最高の曲を聴けた事で覚えた感情が、魂レベルにしっかり刻み込まれたと、俺は感じたのだった。

☆

夜、魔物の街。

魔法の光で不夜城と化している街は、いつもよりも遙かに賑やかだった。

あっちこっちで酒盛りが行われ、魔物や人間達が盛り上がっている。

これほどの盛り上がりは、俺の記憶では収穫祭か聖人の誕生祭くらいのものだ。

その盛り上がりはもちろん、アメリアの演奏会が発端だった。

演奏会のあと、最高の曲を聴いたこの街の者達は自然とその盛り上がりを引き継いだまま、お祭り騒ぎのどんちゃん騒ぎを始めた。

そんな光景を、俺は宮殿のテラスから見下ろした。

『まだ呆けているのか』

「ラードーン。いや、大分戻った。また余韻は残ってるけど」

『我には今一つピンとは来なかったが、この盛り上がり、よほどのものだったという事か』

「ああ、最高だった。あれこれやってきたけどあれが聴けて良かったたって思う」

『そうか。で、これからどうする』

「これから？」

『あの娘の事だ』

「どうするって言われても……まあ、アメリアさんの意思次第だけど」

『うむ？　それでよいのか？』

何故かラードーンが、とても意外そうな反応をした。

俺がそういうなんてまったくの予想外だ、という感じの反応だ。

「それでいいって、どういう意味だ？」

『……気づいていないのか？　これはこれは、ふふっ……面白いな』

「どういう事だ？」

俺はますます不思議がった。

気づいていない、とラードーンは言った。

それはつまりラードーンが気づいている何かがあって、同時にラードーンが俺なら気づいているとも思っているような何かだっていう事でもある。

俺は首をかしげ、記憶を辿った。

おそらくは演奏会の事だろう。

演奏会からこっち、俺が「気づく」ような事は何かあったんだろうか。

それを記憶の中から探そうとした――が。

見つからなかった。

心当たりがまったくなかった。

『これは驚きだ。まさかまったく気づいていないとはな』

「どういう事だ？　分かるように教えてくれ」

『もう一度聞く、何か気づいていないのか？　――魔法の事で』

「魔法の事？」

その言葉で俺もちょっとマジになった。

もし本当ならラードーンの言葉はすべて納得する。

魔法の事で何かがおきて、ラードーンは「魔法の事なら」俺は気づくとして聞いてきた。

それを俺は気づいていないと来ればラードーンが念押しで更に聞いてくるのも頷ける。

――が。

「悪い、本当に心当たりがない」

『ふむ。それほどの事だったとも言えるか、あの歌は』

「一体どういう事なんだ？　教えてくれ」

『うむ。お前の魔力の事だよ』

「俺の魔力？」

そう言われて、俺は自分の体の中に流れる魔力を探った。

正直いつも通りで、何かが変わったという感じはしない。

『今ではない。あの歌を聴いている最中だ』

「歌の最中……で、魔力？」

『うむ』

「……」

『本当に気づいていないようだな。まあいい。あの歌を聴いている最中、お前の魔力が高まっていたぞ』

「え？」

驚いた。

すごく驚いた。

めちゃくちゃに驚いた。

「アメリアさんの演奏の最中に魔力が高まった、って事？」

『うむ』

ラードーンは即答した。

まったくもって驚きの事実だが、ラードーンの次の言葉で俺は更に驚かされる。

『前詠唱と同じ高まり方だったぞ。普段のお前なら歌と前詠唱の重複を――と考えていたと思っていてな』

「……」

開いた口が塞がらないほど、俺は驚いたのだった。

.297

舞台の裏、控え室の中。

まだまだ会場の方から魔物達の大歓声が聞こえてくる中、俺はアメリアがいる控え室にやってきた。

「本当にありがとうございました！」

部屋に入るなり、開口一番で大声でお礼を言って、腰が直角に曲がるほどの勢いで頭を下げた。

「陛下……」

それを受けて、座って息を整えていたアメリアは静々とたちあがって、俺とは正反対の、嫋やかな所作で頭を下げた。

「私こそ、こんな場を与えて頂いてありがとうございます。自分の歌が多くの人に、しかも魔物の皆様にまで届くだなんて思いもよらなかった事です」

「俺はずっとこの光景が見えていました」

「はい……陛下はずっとそうおっしゃってくださっていました。本当に……」

アメリアの言葉は尻すぼみのように、空気に溶けて聞こえなかった。

ありがとう、と言ったようにも聞こえるが、それならそれでなんで今更聞こえないような言い方をするんだろうと不思議がった。

だけど、何を言ったにせよ。

アメリアの表情が穏やかで、嬉しさをかみしめているように見えるから、その表情をしているという事実だけで何もかもが充分だった。

「今日はこの後ゆっくり休んでください。たぶんですけど、アメリアさんの歌を聴いたエルフのメイド達が大喜びでお世話しにくると思いますから、何か必要なら何でも言いつけてあげてください」

「ありがとうございます……陛下はこの後どうなさるのですか？」

「俺は――」

『いつも通りに振る舞えばよかろうに。魔法の事だ、やせ我慢しないで協力してもらえ』

「アメリアさんは疲れてるから、今すぐにじゃなくても」

ラードーンが口を挟んできたので、やんわりと言い返した。

いつもどおりじゃない、というのはラードーンの言うとおりかもしれなかったが、相手が相手だからすぐに頼みづらいのが先にきた。

そして「いつもどおりじゃない」事がもう一つあった。

「今のは……神竜様？　とお話しているのですか？」

「え？　あ、うん」

俺はちょっと戸惑いつつも、頷いて答えた。

今のように、誰かと話している時にラードーンが割って入ってくる事がたまにある。

この街の住人や、ブルーノのような事情をよく知っているものは、俺がラードーンと話している事をよく知っているから、こういう時は遠慮してか会話に入ってこない事が多い。

この街の住人じゃないアメリアがセオリーではない、こういう話の入り方をしてきたからちょっとだけ戸惑った。

「神竜様は私に何かしてほしい事がおありなのでしょうか？」

「いやラードーンはというか、俺がというか……」

さっきのアメリアと違った感情で、今度は俺の言葉が尻すぼみになって、もごもごしてしまうハメになった。

が、「俺が」という所はアメリアの耳にしっかりと届いたようで。

「陛下が私に何かお望みですか？　でしたらなんでもおっしゃってください」

「でも」

「陛下のお力になりたいのです」

『ほれ、本人もそう言っている。それ以上の一方的な気遣いは野暮、いや押しつけの自己満足だぞ』

「むっ……」

ラードーンの言うとおりかもしれない。

そう思った俺は観念して、アメリアと向き直った。

「実は、さっきアメリアさんの歌を聴いている最中、俺の魔力が上がったんです」

「私の歌で魔力が？」

『それでは一般人に伝わらん。前詠唱の仕組みから説明してやれ』

なるほど、と俺は思った。

確かにアメリアさんは魔法に詳しくないから、ラードーンの言うとおり前詠唱の事を説明しないと意味不明だなと納得した。

「実は魔法にはそのまま使うのと、前詠唱に設定したキーワードを唱えてから使うの二つのやり方があります。前詠唱した方が魔力を高められて強い魔法を使えるんです。その……ああっ！　ジャンプする時に助走をつけたりするような感じです」

「そうなのですね。私たちが歌う前に喉をならすのと同じような感じなのでしょうか」

「多分そう……かな？」

アメリアさんのいう事は分かる、理屈としてはそうかもしれない——が歌の事は詳しくないから返事は曖昧なものになった。

「それで、アメリアさんの歌を聴いていると、俺の魔力がその前詠唱をやったのと同じような高まり方をしたんだとラードーンが指摘してくれたんだ」

「まあ……」

「だからその……アメリアさんの歌を聴きながら本当に前詠唱するのと同じくらいの魔法を使えるのか、それをアメリアさんの疲れが取れた後に頼もうって思ってたけど、ラードーンに『魔法バカなんだから魔法の事ならすぐにやれ』ってしかられたんだ」

実際にそうは言ってないけど、そういう事なんだろうと俺は自分なりの言葉を継ぎ足して、アメリアに伝えた。

それを黙って最後まで聞いていたアメリアは真剣な顔のまま俺を見つめて。

「光栄です、陛下」

「へ？」

「陛下の魔法、そのご協力ができるのなら是非させてください」

「いいんですか？　その、疲れているんじゃ」

「陛下のために歌える。そう思えば一切の疲れは感じません」

「そうなんですか？」

『精神が肉体を凌駕《りようが》する。人間によく見られる現象だな』

なるほど、と思った。

ラードーンがそう言うのならそうなんだろうし、実際に見た事はないけどそういう話はよく聞く。

そういう事なら――。

「分かりました――お願いします」

アメリアに協力を仰ぐ、という事で、俺はまた深々と頭を下げた。

「はい！」

頭上からハキハキとしたアメリアの声が聞こえてくる。

確かに疲れを感じさせない声だった。

魔物達が全員退出した後の、会場の中。

まるで祭りの後夜祭のように、アメリアの歌を聴いた街の住人達は街にもどって、宴を開こうとしているようだ。

その分、さっきまで賑やかだった会場が静まりかえっている。

それでも、熱気が冷めないまま空間に残っていて、それを肌で感じられて否応なく精神が高揚していく。

☆

そんな会場の中、舞台の上。

俺はアメリアと二人でたっていた。

「まずは――【マジックミサイル】四一連！」

俺は無詠唱で、会場の中央に向かって【マジックミサイル】をはなった。

魔力の矢が飛んでいって、一点に収束して爆音とともに弾けた。

撃った後、アメリアに振り向く。

「こんな感じで、同時に放てる魔法の数がそのまま魔力の高まりとリンクしてます。今の俺なら無詠唱で四一、前詠唱で九七――いえ、一〇〇を少し超えるくらいです」

「はい。では、私の歌で一〇〇くらいまで高められるかをためされるのですね」

「そういう事です」

「分かりました、では歌わせていただきます」

「お願いします」

アメリアは八十八弦琴の前に移動した。

さっきの演奏会の時と同じように、弦にそっと触れて、ポロンと奏でだした。

しっとりとした前奏の後、伸びやかな歌声が立ち上がる。

音と声が一つになって空間を満たしていく。

音が最高に鳴るように設計し魔法効果も加えたこの空間で、最高の歌が聞こえてくる。

やはりアメリアの歌はすごい、と俺は感動していた。

さっきほどは没頭しなかった。

今回はアメリアの協力を得ての実験、という意識が頭の中にあったから。

だから俺は自分の中の魔力を確認した。

確かにラードーンの言うとおりで、それは前詠唱ありの状態とほぼ同じだった。

さっきの演奏中は恐れ多くてできなかったけど、今は遠慮なくできる。

「【マジックミサイル】――九七連！」

叫んで、右手を突き出す。

右手の先から叫んだ通りの数の【マジックミサイル】が飛び出して、さっきと同じ場所で集束して、さっきの倍以上の爆発を起こした。

「おおっ！」

俺は感動した。

アメリアの歌声で、無詠唱なのに前詠唱と同等の魔力が出せた。

そして、こうなると。

当然のように思う、もしもこの状態で詠唱すれば？

「アメリアエミリアクラウディア――」

アメリアの歌を聴きながらの、前詠唱。

魔力が更に高まっていく。

気分がとてつもなく高揚した。

今までの限界をあっさりと、足元の小石をひょいと跨ぐ程度の気軽さで超えていったのが分かったからだ。

一〇一……一〇三……一〇九――。

高まった魔力量をじっくり舌の上で転がすように確認しつつ、今の限界を確認する。

そして――。

「【マジックミサイル】一九九連！」

今までで一番多い数の魔法の矢が、かつてないほどの密集した勢いで放たれたのだった。

アメリアの「好き」

ピーンポーン。

すっかりドアノッカーに取って代わった魔法のチャイム音が家の中に響き渡った。

「はい、今行きます」

家の主、アメリアがチャイム音を受けて慌てて玄関に向かった。

今や一人暮らしになったせいで広くなってしまった家の中、響く足音を鳴らして玄関にやってきた。

ドアを開くと、箱を肩で担いでいるギガースが玄関先に立っていた。

「おまたせでごわすアメリア殿。今週の食材を運んできたでござる」

「すみません！　ど、どうぞ」

アメリアはあわてて道をあけて、ギガースを招き入れた。

人型ではあるが、人間の男よりも遙かに大柄なギガースはほとんど「しゃがむ」くらいの勢いで身を屈めて、玄関に入ってきた。

大きいだけではない、筋骨隆々ということもあって、アメリアは思わず体が強ばった。

ギガースは担いできた箱を家の奥、台所に置いて、すぐに戻ってきた。

「では、小生はこれにて失礼するでごわす」

「あ、ありがとうございます」

ギガースを見送って、ドアを閉じた後、アメリアは「ふぅ」と息を吐いた。

「慣れなきゃ……」

苦笑とともに、そのつぶやきが一人暮らしの大きな家に吸い込まれていった。

☆

アメリアは一人で街中を歩いていた。

魔法都市リアム。住人の九割九分が魔物で占められている街は、ほとんどの人間が持つ先入観とは違って、活気と陽気に満ちあふれていた。

そんな中、数少ない人間であるアメリアは浮いているのかといえば、そんな事はまったくなかった。

互いにとって異形であるが、アメリアに差別的な眼差しを向ける魔物はいない。

むしろ——。

「アメリア様、今度はいつ演奏会をするの?」

「リアム様に聞いてみたけどアメリア様がすると言ったらいつでもいいって」

「ねえねえまた聴かせてよ」

「え、ええ……」

アメリアが戸惑うくらい、様々な魔物がフレンドリーに話しかけてくる。

中にはエルフのような人型の魔物もいれば、獰猛《どうもう》な獣のような魔物もいる。

それらは等しく、アメリアに好意を向けてきている。

やはりまだ慣れていないアメリアは、戸惑いながらも努めて平然を装って、魔物達と接していた。

このフレンドリーさで、アメリアは――

（全員が人間で着ぐるみとか仮装をしているだけなんじゃ？）

と錯覚するほどだった。

が、しかし。

「おお、すげえなこれ」

魔物の一人が宙に浮かぶ半透明のパネルで何かをみて、声をあげた。

すると当然周りの魔物達はそれが気になった。

「どうしたの？」

「最新のトピック見てみろよ」

「なになに……スラルンとスラポンだ」

「そう。あの二人の賞金が上がったんだ」

「賞金三〇〇枚、危険度Ｓ級――すごいわね！」

最初に気づいた男を中心に、ざわめきが湖面のさざ波のように広がっていく。

半透明のパネルの中には、二体の愛くるしいぬいぐるみのようなスライムがピョンピョンピョンピョンと跳びはねている。

その下に続く説明文がなければ、誰もこのスライム達が金貨三〇〇枚の懸賞金がかけられた第一級の賞金首だとは思わないだろう。

魔物にかけられた賞金、それを魔物たちが喜ぶ。

やっぱりここは魔物の国なんだ——と思う一方で。

「みんな……喜び方が明るい……」

そう、つぶやくアメリアだった。そのギャップに彼女はますます困惑した。

「そんなに不思議？」

横から穏やかな声色で話しかけられた。

声の方を向くと、そこに顔を知っている、この街で数少ない人間の女性が立っていた。

ジョディだった。

彼女は穏やかな笑顔のままアメリアを向いている。

「ジョディさん」

「まだこれに慣れない？」

「え？　いえ、そんな」

「そんなに不思議がることはないのよ？」

「そうなんでしょうか……」

「ええ。ここにいるみんなの明るさの理由が分かれば自然とそうなるわ」

「明るさの理由？」

アメリアは不思議がった。

何だろうか？　と首をひねった。

「ここにいる魔物達の共通点の事よ」

「それはなんですか？」

「みんな、リアムが好きだからなのよ」

「好き……」

そう言われて、アメリアはなるほどと思った。

たしかにそうだった。

この街に来てからいろいろ感じた事がある、その中の一つに、全員がリアムのことが好きということだ。

普段それを殊更に思ったり口に出したりする事はないが、そう言われたらそうだという感じのものだ。

「みんなリアムくんが好きで、そのリアムくんはネガティブな感情とは無縁の子。それで自然とこんな感じになっていったの」

ジョディはそこでいったん言葉を切って、それからアメリアに向かって。

「そうでしょう？」

と同意を求めるような言葉を向けた。

「そうですね……え」

同意しかけたアメリアだったが、はと「それ」に気づいた。

「わ、わわわわわたしは――」

と、泡を食って、慌てて弁解しようとした。

リアムが好き。

そのことは今まさに「乙女」になっていて、そういう意味での「好き」になっているアメリアにはクリティカルな話だった。

だから慌てて弁明しようとした。

それをジョディはクスッと微笑んだ。

「好きにもいろいろあるよね」

「――え？」

「例えばガイさんとか」

「ガイさん……えええええっ⁉」

ギガースのことを思い出して、一瞬よからぬ想像をしてしまうアメリア。

「今話題のスラルンちゃんとスラポンちゃんとか」

「……ああ」

ガイで慌てたアメリアが、スラルンスラポンで「鎮火」した。

好きにもいろいろある、確かにジョディの言うとおりだ。

「色々あるよね」

「……はい」

「そして一番大事なのは」

「大事、なのは？」

「この国じゃ、『リアム大好き』がどんな形だろうと、そうである限り誰も否定しないということ。だから何も心配しなくてもいいのよ」

「……はい」

自分を励ましているのか、とアメリアは感じた。

ジョディという目の前の女性からなぜか母親のような、そんな包容力を感じた。

「でも、大変よ、それは」

「え？　ど、どうしてですか」

「誰も否定はしないけど、そっちはライバルがデュポーン様だからね」

「…………」

アメリアは苦笑いをした。

ライバル――恋のライバル。

たとえ否定されなくても、存在が大きすぎるというだけで問題ではある。

とはいえ、そこは「乙女」である。

ライバルの存在が大きかったからといってそれで引き下がれるものではない。

「頑張りますよ」

「ふふ、頑張ってね」

アメリアは決意を語り、ジョディはそれを応援した。

☆

魔法都市リアムの、日常の一コマ。

魔法がすごいと知られているこの街だが、それ以上に様々な「リアム好き」が共存している事を、この街の住民以外で知る者は少ない。

あとがき

人は小説を書く、小説が描くのは人。

皆様初めまして、あるいは久しぶり？

台湾人ラノベ作家の三木なずなです。

この度は拙作『没落予定の貴族だけど、暇だったから魔法を極めてみた』第八巻を手に取っていただきありがとうございます。

おかげさまで第八巻まで出す事ができました。

今回はリアムが詠唱にも使っている三人の歌姫のうち、アメリアがメインの話になりました。

尊敬するもの、才能あると感じたもののために奔走するのは、『ＹＡＷＡＲＡ！』という作品からずっと大好きなパターンでした。

それをリアムが魔法で全て解決する、課題はあっても障害はないという本作のコンセプトと合体させたのがこの第八巻となります。

今まで通り安心してお読みいただける内容ですので、今まで読んでくれた方はぜひこのままレジへ、八巻が最初でいいかもと思っていただけた方はぜひ一巻からお手にとっていただけると幸いです。

最後に謝辞です。

イラスト担当のかぼちゃ様、今回もありがとうございます。アメリアさん最高でした！

第八巻を刊行させて下さった担当様、ＴＯブックス様。本当にありがとうございます！　ありがとうございます!!

そしてここまで手に取って下さった皆様に、心から御礼もうし上げます。

次巻もまた出せる位に売れることを祈りつつ、筆を置かせていただきます。

二〇二四年一月某日　　なずな　拝

没落予定の貴族だけど、暇だったから魔法を極めてみた ～クリスはご主人様が大好き！～ 第二話（試し読み）

漫画：戸瀬大輝
原作：三木なずな
キャラクター原案：かぼちゃ

ドスン
ふぎゃっ
や
や
やった……!!
世界反転の魔法!
俺はまた新しい魔法を覚えたんだ!
夢と現実をごちゃ混ぜにするでない
えっ!?

いてて
なんだ
ベッドから
落ちたのか
んん…
…ご主人様
おう…

クリス！
いつから？
一晩中だな
この間もここで寝てたし
同じマットレス買ってあげようか…
目的はソレではないと思うぞ
みょ
ビクッ
今日もまたみんなと過ごす1日

クリスちゃんも女の子なんだから
リアムくん困らせちゃダメよ
うう…
1番居心地がいい場所で寝るのはウェアウルフの生まれつき！
今度は私も連れてってね
ふふっ♥
！

ずる――い
あたしも！
ダメ〜〜〜
あたしのお気に入りだよ！
わ
私も
ねぇ
ラードーン
今朝の夢のような魔法って
この世界にはあるのかな
――…あるな
そっか
あるんだね
今の俺では…
無理だな
お前ではまだ器が足りぬ

うんうん
また覚えたい
魔法のストックが
溜まったぞ
お前は
どこまで
極めたいのだ
くすっ
気持ちと
しては
この世にある
数だけ！
探究することが
日々の
活力なんだ
ずび
朝から
元気だの
コン
コン
リアムさま
いますか？
マロン！

どうしたの？
…あの
コレ
キレイなお花が咲いたの
だから花冠作ろうと思ったんだけど
上手にできないの
リアムさまは作れる？
えっ

懐かしい
こっちの世界でもこういうものを作り出すのは変わらないんだな
あの頃は人の手で作り上げた創作物を魔法のように感じていたんだっけ
作れる？
俺は男子だったからなぁ
一緒に覚える？
アスナ！

うん！
我も知らんな
ラードーンでも知らないことがあるんだね
神の名を持つ存在の彼女も知らないこと
誰が1番初めに生みだしたのか
未知はそこらじゅうに転がっている

あたしも行きたい！
クリスちゃんは今日も食料調達よ
え〜〜〜ッ！
君が適任なんだ
しゅん…
狩りが1番上手なのは人狼だからね
ぱぁぁ
あたしが1番だって！
聞いたガイ!?
人狼の中でおぬしが1番とは言ってないでござる
うるさいわね!!

こっちー
手を引かれて
少し下がった
視点から見る村も
ちょっと新鮮
ここ――!

マロンが育てたの？
そうだよ！
マロンいっしょうけんめい育てたの
すごい子だなぁ
土や水の精霊と成長促進魔法に頼っては
きっと得れない喜びだろう
こういうのも大切にしていかないと

自分の手でできることは
自分の手で
きゃはは
リアムさま
ぶきっちょ！

何事も器用だと思っていたんだがな
俺もだ…
こう
こうかな
ぐぬ…
??
宙を仰ぐでない
できた!
上手にできた!
やったねマロン
ありがとうアスナお姉ちゃん!
じ〜っ
お俺もがんばるよ

ストン
!
ごめん
ラードーン
退屈?
いや
体がないと
これをかぶれない
のでな
これから
綺麗なの作るから
いや
あ
さっきの
失敗作
これでいい

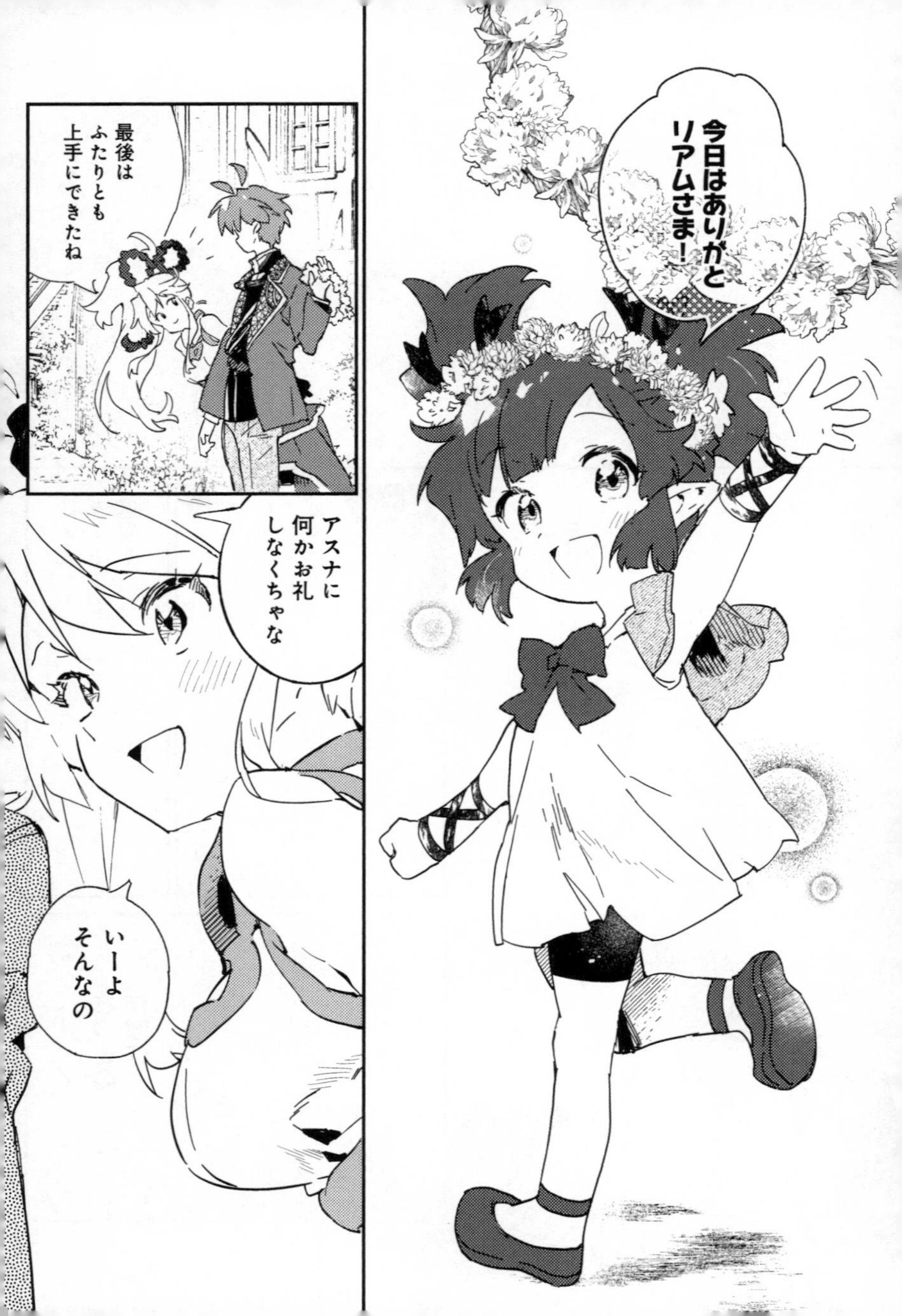
今日はありがと
リアムさま！
最後は
ふたりとも
上手にできたね
アスナに
何かお礼
しなくちゃな
いーよ
そんなの

あ
別に
私がリアムの
使い魔だから
じゃないよ
誰かの役に立つ
ことが私の
生きがいなんだよね
そっか
だから
女の子ひとりなのに
ギルドで
活躍してたんだ
そ

それより
なんだかんだ
クリスは
すねてるかも
ま
マットレスを
お土産に
テレポートで
運んで…
だから
そういうことでは
ないと思うぞ
ラードーン
もう土産は
持っている
ではないか
!
お帰りなさいっ
ぶん
ぶん

ご主人様
いい匂い
お花と
お日様の匂い！
ギュ〜っ
へへ♡

ただいま
♪
神竜様もお揃いだ！
ばっ

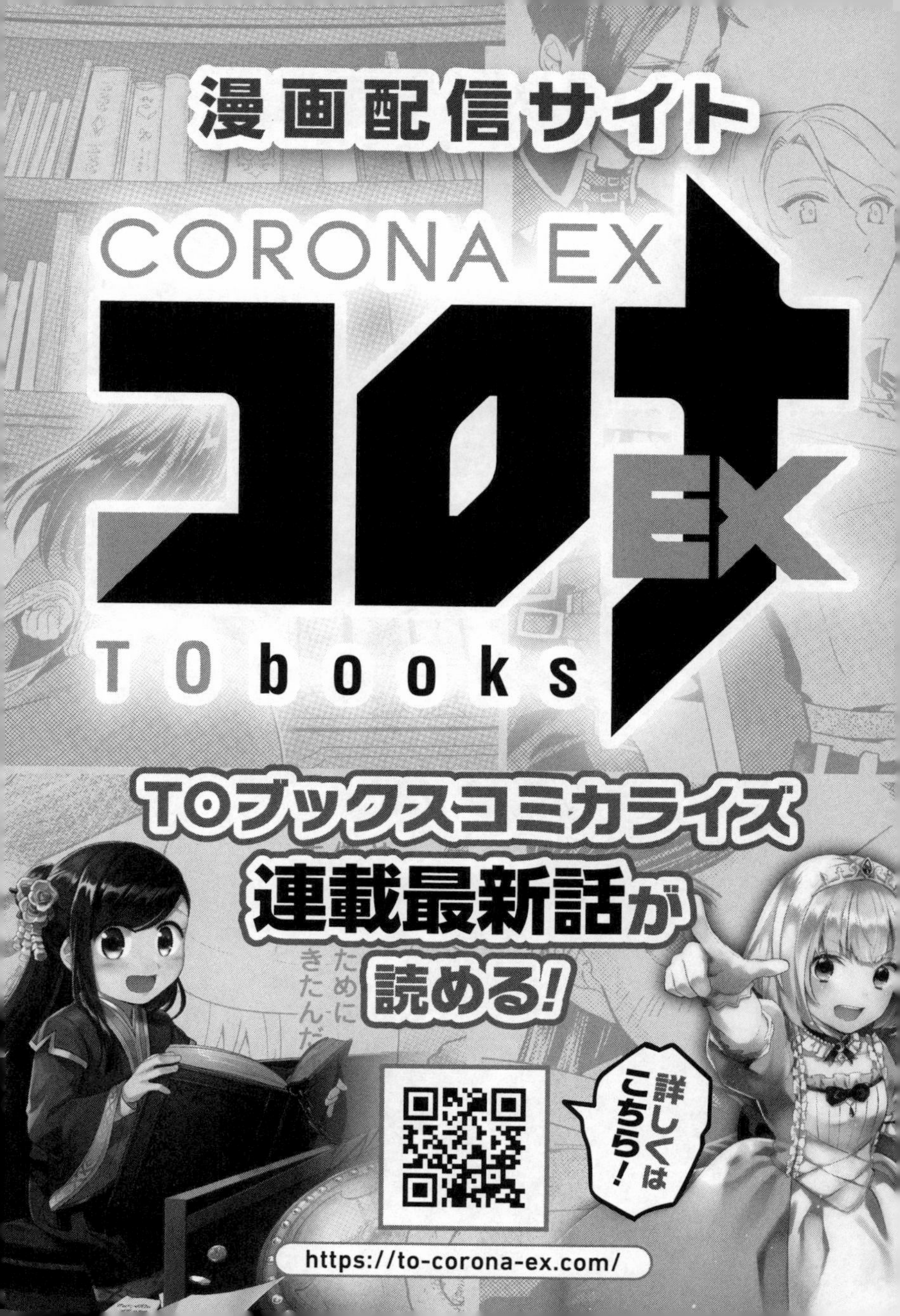
漫画配信サイト
CORONA EX
コロナEX
TObooks
TOブックスコミカライズ
連載最新話が読める!
詳しくはこちら!
https://to-corona-ex.com/

没落予定の貴族だけど、
暇だったから魔法を極めてみた
I am a noble about to be ruined, but reached the
summit of magic because I had a lot of free time.
アニメ化決定!!
［イラスト］かぼちゃ

TVアニメ放送開始！
2024年4月から
テレ東・BSテレ東ほかにて
U-NEXT・アニメ放題で最速配信！
他サービスでも順次配信
出来損ないと呼ばれた元英雄は、実家から追放されたので好き勝手に生きることにした
STAFF
原作：紅月シン『出来損ないと呼ばれた元英雄は、実家から追放されたので好き勝手に生きることにした』（TOブックス刊）
原作イラスト：ちょこ庵　監督：古賀一臣　シリーズ構成：池田臨太郎
脚本：大草芳樹　キャラクターデザイン：細田沙織　音楽：羽岡 佳
アニメーション制作：スタジオディーン×マーヴィージャック
オープニング主題歌：蒼井翔太「EVOLVE」
CAST
アレン：蒼井翔太
リーズ：栗坂南美
アンリエット：鬼頭明里
ノエル：雨宮 天
© 紅月シン・TOブックス／出来そこ製作委員会
TVアニメ公式サイトはコチラ！ dekisoko-anime.com

「白豚貴族」シリーズ

NOVELS

第12巻 2024年 発売！

※第11巻書影　イラスト：keepout

TO JUNIOR-BUNKO

第3巻 2024年 4月1日 発売！

イラスト：玖珂つかさ

STAGE

第2弾DVD 2024年 3月29日 発売！

AUDIO BOOK

第2巻 2024年 5月27日 発売！

予約受付中▶

本がなければ
作ればいい――
原作小説
（本編通巻全33巻）
第一部
兵士の娘
（全3巻）
第二部
神殿の
巫女見習い
（全4巻）
第三部
領主の養女
（全5巻）
第四部
貴族院の
自称図書委員
（全9巻）
ありがとう、本好き!
シリーズ累計
1000万部
突破!（電子書籍を含む）
決定!
アニメーション制作：WIT STUDIO
TOジュニア文庫
コミックス
第一部
本がないなら
作ればいい!
（漫画：鈴華）
第二部
本のためなら
巫女になる!
（漫画：鈴華）
第三部
領地に本を
広げよう!
（漫画：波野 涼）
第四部
貴族院の
図書館を救いたい!
（漫画：勝木 光）
第五部
女神の化身
（全12巻）

没落予定の貴族だけど、暇だったから魔法を極めてみた８

2024年4月1日　第1刷発行

著　者　三木なずな

発行者　本田武市

発行所　TOブックス
〒150-0002
東京都渋谷区渋谷三丁目1番1号　PMO渋谷Ⅱ　11階
TEL 0120-933-772（営業フリーダイヤル）
FAX 050-3156-0508

印刷・製本　中央精版印刷株式会社

ISBN978-4-86794-120-1